U0894708

浩气展虹霓

70军休典范
献礼建国70周年

上海市徐汇区退役军人事务局
上海市徐汇区军队离休退休干部服务管理中心
主编

上海三联书店

《浩气展虹霓》编撰委员会

序

2018年我国新组建了退役军人事务部，作为国务院的组成部门。这是国家为维护军人军属合法权益、加强退役军人服务保障体系建设，建立健全集中统一、职责清晰的退役军人管理保障体制，而实施的重要举措，其意义在于让军人真正成为全社会尊崇的职业。

徐汇区退役军人事务局下属徐汇区军队离休退休干部服务管理中心，有700多位从部队离退休的老同志，他们的人生征途伴随着新中国的成长，见证了我国国防和军队建设事业的发展。

他们中既有理想信念坚定，对共产主义、对党、对人民无限忠诚，襟怀坦白，怀瑾握瑜，气骨峥嵘的军中楷模；也有为了中华人民共和国的成立浴血奋战的老战士、老前辈，以及保家卫国，御敌于千里之外，置生死于度外的沙场英豪。既有经得起寂寞，守得了清贫，朝发轫于苍梧，百折不挠攻坚克难的国防科技领域的杰出工作者；也有在军队各个战线，永葆革命本色、军人底色，用无私奉献和牺牲的精神，永远怀揣一颗赤子之心，作出精彩业绩的同志。他们戎马倥偬，即便在离退休之后，依然初心不忘，或德厚流光，为社区建设，为军队事业，老骥伏枥；或高情远致，静修身，俭养德，培育雅趣，垂范后昆。

持大功未居高位者，乃国家脊梁。习近平总书记曾这样说道：“军队离退休干部为党领导的革命、建设、改革事业作出了重要贡献，是党、国家、军队的宝贵财富。今天，党和人民事业蓬勃发展的大好局面，是包括军队离退休干部在内的一代又一代共产党人接续奋斗的成果。”

本着含弘光大继往开来的良善初衷，我们选取了70位有代表性的军休干部，特邀沪上资深传媒人士，专访他们的人生轨迹，破除好人好事的常规写法，注重以情动人，力求细节和人物形象的丰富饱满，突出军人的责任、使命和担当。

老一辈的精神财富，永远是我们再出发的动力源泉。期待本书的出版，能够让我们重温我军的光荣传统，树立军休干部的自豪感、荣誉感，激发社会尊崇，也是我们向正逢七十华诞的祖国敬上一个小而厚重的军礼。

上海市徐汇区退役军人事务局
上海市徐汇区军队离休退休干部服务管理中心
2019年9月

目录

第一辑 滋兰军旅，树蕙一生

第二辑 慷慨赴戎机，九死犹未悔

第三辑 科技强军，风云激壮志

第四辑 术业专攻，铁肩担责义

第五辑 仁心妙术，兼济普罗

第六辑 情深志笃，比翼双飞燕

第一辑

滋兰军旅，树蕙一生

傅新民
用奋斗演绎精彩

傅新民站在讲台前，身材依然挺拔魁梧，军姿很正，方框眼镜和鬓角些许的银丝，又透出几分儒雅。这是上海百老德育讲师团正在给在校学生进行德育教育，傅新民今天讲的是国防教育课，他从我国军工科研的发展，讲到太空技术的领先，底下的学生听得津津有味。

上海百老德育讲师团是由100位老将军、100位老干部、100位老教授、100位老专家、100位老艺术家组成的特殊志愿者队伍，“百老”们离退休不愿只享清福，组成“豪华”阵容，奉献社会，心系国家的未来，不拿分文报酬，成为一支进行青少年德育教育的劲旅。他们的行动，被誉为是“白发与青丝的交融”，又被形象地比喻为“夕阳与朝阳的传承”。傅新民就是百老德育讲师团中的一员，也是讲师团的名誉团长之一。他给青年人讲三种课，国防教育课、爱国主义课和高科技知识的普及，每年不少于40个课时，奔忙在学校、社区间，傅新民乐此不疲。他喜欢和年轻人交流，他说，对现在的年轻人，不能搞单向的灌输式教育，他乐于倾听年轻人的意见想法，经常把表达的权力让给年轻人。

傅新民1952年出生于陕西蒲城，1968年去农村插队，属于老三届知青，1970年底应征入伍，服役于隶属南京军区空军的空四军独立第五师，这是一支地空导弹部队，关于这个部队的光荣而传奇的战绩，前两年热播的电视连续剧《绝密543》就是以他们的部队为原型的。

傅新民追求上进，自我要求极高。在连队时，傅新民兼连队文书，中午的休息时间他从不休息，而是抄报纸练字，提高自己的素质，他的硬笔楷书获得过全军第 2 名，战友也经常请他帮忙写家书和情书。

很快傅新民就入了党，1973 年组织上又选派他去第二高射炮兵专科学校学习。恢复高考以后，1978 年时任连长的傅新民参加高考，被 4 所大学录取，他听从组织安排，进入空军工程大学专业学习。1992-1995 年，傅新民又进入空军导弹学院指挥班深造。从军经历中的这三次学习深造，对傅新民的专业提升视野开拓都起到了极大的作用，也为他日后成长为一名正军级军官奠定了扎实的基础。

1979 年，中国对越南自卫反击作战，随后，中越边境的战事持续了八年。1984 年，傅新民所在的部队奉命轮战，时任导弹营参谋长的傅新民刚成家，他义无反顾地告别妻子。作为地空导弹部队，常规应该距离敌方阵营一定的距离，不然敌人打过来撤退都来不及。但是当时对方的机场距离边境只有十几公里，因此上级部署导弹营往前压，给敌人足够的威慑，最近时距离敌人只有五公里。广西前线，山不高，但到处都是乱石岗，杂草丛生，一个师藏在里面，都不一定能被发现。这个部署在战术上是冒险的。

除了生命时刻处于危险中，傅新民他们还要过生活关，这也是不亚于神经高度紧张的另一种痛苦。前线很多地方不具备烧饭的条件，附近河沟里的水都被越南毒化了，没有水，需要到几十公里外运水，每人一天的配给只有一茶杯。当地潮湿的气候，让几乎所有人都烂裆，非常痛，而且很难好。长期吃不到蔬菜，只有饼干和罐头，没有水，压缩饼干在嘴里越嚼越多，咽不下去。所以傅新民从前线回来后看到饼干就发呕。战争的经历，让傅新民和战友们体会了血浓于水生死不分的兄弟情，而军队很久不打仗了，真实的战场和训练场还是有根本性的差别。

傅新民 1984 年 8 月参加中越自卫反击战在广西前线（时任独立营参谋长）

时任地空导弹营营长的傅新民，
1986 年 8 月率部队首创空军地空导弹部队实弹打靶五发五中的优异成绩

1990 年傅新民调至空军机关，负责军工科研生产，1994 年，他任上海航天局中心军事代表室总军事代表，兼党委书记，负责华东六省一市的军工科研生产。傅新民肩上的担子很重，产品一旦有质量问题，首先问责的是军事代表，而不是生产单位。航天工程中很多大型的设备，比如运载火箭、卫星、飞船，都是上海航天系统承担了部分的科研制造任务，包括杨利伟进入太空的“神舟五号”飞船。2003 年 10 月 15 日北京时间 9 时，杨利伟乘由长征二号 F 捆绑式火箭运载的“神舟五号”飞船首次进入太空，象征着中国太空事业向前迈进一大步，中国成为第三个掌握载人航天技术的国家。“神舟五号”的研制中，上海航天局任务不轻，飞船的推进舱和推进、电源、测控通信三大系统，都是由他们负责研制的。当时正好碰到美国“哥伦比亚号”航天飞机失事、俄罗斯“联盟号”降落偏离两件航天史上的大事故，对于“神州五号”整个系统的检测工作要求更加细致，傅新民和他的同事们未敢一丝松懈，最终不辱使命。

傅新民自豪的是，唯一的女儿和女婿也都是从事航天事业，正在为我国的航天技术保持世界领先而奉献。回顾自己的工作，傅新民感谢组织的培养，感谢部队这座大熔炉的造就，而自己对党对国家也是非常真诚的，心无二用，以自身的努力和奋斗，不断演绎着生命的精彩。

（桂志华）

管铮
绿阴不减来时路

“我国海洋测绘领域的学术带头人，为确立我国海洋测绘在国际上的先进地位作出了显著的贡献。”这是中组部专家信息表中对管铮的业绩评价。评审国家973计划项目、编审新版《中国大百科全书》、参加博硕论文评审和答辩、做学术报告和科普讲座……这是管铮退休后热衷学术传承的生活写照。

“绿阴不减来时路，添得黄鹂四五声。”作为一名情系海疆、科研领域硕果累累的学术带头人，管铮科技强军、科技兴国的赤诚之心，从未退役。

功崇唯志。成为一名科学家是管铮儿时的梦想，虽然初中毕业后学业被“文革”打断，但在下乡插队的4年中，他从未停止过刻苦自学。功夫不负有心人，管铮成为“文革”后第一届研究生，1982年被特招入伍。

当时，正是我军海疆重力测量起步的关键时刻，作为部队该领域第一位科班出身的科技工作者，管铮深感责任重大。海洋重力场信息是国家的基础地理信息，矿产预测、资源评价和战略武器、航天器轨道的精确计算都离不开它。管铮作为主要骨干，参加了海军海洋重力测量船和仪器设备的海试和验收，在组建我军海洋重力测量部队工作中发挥了关键作用。

1986年，管铮带领团队发起对海洋重力数据库这一重大科技工程的攻关。当时是改革开放初期，很多人经不起利益的诱惑选择“下海”。坚守科研报国的信念，管铮和同事们拒绝浮躁、耐得住寂寞，冷板凳整整坐了 5 年，这个以中国沿海及太平洋海域重力场信息为主体、囊括 1800 万个数据的全球重力场信息系统得以完成，标志着我国海洋重力资料的应用研究跨入了世界先进行列。该数据库在国防和国民经济建设中发挥了重要作用。该项目获 1993 年军队科技进步二等奖。而后，管铮又开展了重力场在国防建设中应用的系列课题攻关，取得了一系列兼具理论和实用价值的喜人成果。

在海洋测绘工作中，管铮发现海洋水深测量中的声速改正手段有些跟不上时代，他决定把这项工作计算机化。于是，从 1985 年开始，他根据回声测深改正表计算出全球 85 个海区能用于计算机的通用公式。经过一年多的努力，可由计算机自动进行改正、满足不同精度要求的 170 个公式出炉，相关工作效率大大提升。我国海洋测绘主管部门正式发文，推荐使用，并写入国家标准。国际海道测量局（IHB）局长得知这一消息也很感兴趣，与管铮建立联系，1990 年在其机关刊物《海道测量评论》上刊发了全部 170 个公式，并向世界各国推荐使用，这是我国向国际海道测量组织提供的第一组公式。该成果获 1989 年军队科技进步二等奖。

在提高中国海洋测绘的国际影响力方面，管铮也不遗余力。国际大地测量与地球物理联合会（IUGG）大会每四年召开一次，1999 年，管铮撰写并向大会提交了“中国海洋大地测量的发展（国家报告）（1995-1998）”。这份呈现在世界各国 4500 多名参会学者面前的国家报告，不但是我国海洋测绘国家层面的总结和战略思考，也让世界同行见识了中国该学科建设的实力。同一时期，管铮还受国家指派，参加国际海道测量组织 S-32 工作小组（后改称 S-32 工作委员会）的工作，协调、统一世界各国海洋测绘名词的名称和定义。

管铮在国内学术组织、评审组织和咨询组织中，也承担了多项工作。他先后担任中国测绘学会海洋测绘专业委员会常务副主任、《测绘学报》等多个学术刊物编辑委员会委员、海军信息化专家咨询委员会委员、国家“863 计划”民口项目评审专家、全军武器装备科技进步奖评审委员会海军作训装备技术评审组评审委员、海军工程系列高级职务评审委员会副主任等职。

业广唯勤。可以说，从穿上军装的那一刻起，管铮的工作和生活都围绕着科技强军这个信念而运行。他曾历任海军海洋测绘研究所高级工程师，研究室副主任、主任，研究所总工程师，海军标准化研究所所长、研究员、博士生导师。他的身影活跃在科研攻关的最前沿，他的足迹踏遍了祖国的万里海疆。一分耕耘一分收获。多年来，管铮共获国家测绘局科技进步一等奖一项；军队科技进步二等奖八项、三等奖十三项。在国内外学术刊物和学术会议上发表论文百余篇，合作撰写专著六本，合译专著一本，合编国家军用标准两本，还参加了《中国大百科全书》《中国军事百科全书》和《海洋测绘词典》的撰写。

因为在海洋测绘方面的突出成绩，1993 年 10 月管铮获国务院特殊津贴，1996 年首批入选国家跨世纪人才工程（百千万人才工程）第一、二层次人选（其中海军 4 名）。1998 年获国家人事部、总政治部授予的“对国家有特出贡献的中青年专家”称号。

2010 年管铮退休，但只要祖国需要、学科建设需要，他随时出现在新的科研“战场”。2013 年管铮受聘担任国家重点基础研究发展计划（简称“973 计划”）项目专家组专家。该专家组由三名院士和六名研究员组成，他是唯一已退休的专家。几年来，为了这个项目，他每年多次往返于上海至北京或其他城市之间，为国防建设献计献策、严格把关。

2016 年《中国大百科全书》（第三版）海洋测绘分支的编撰工作正式启动，管铮是该分支编撰的特聘专家。出版新版《中国大百科全书》是党中央和国务院的一项重大文化战略决策，工作必须精益求精，容不得一丝马虎。除了撰写海洋测绘专业的部分

刻苦钻研是管铮成功的秘诀。

词条外，管铮还要对全专业所有500多条词条进行一审二审，逐字逐句仔细推敲。根据时间节点，还得多次去北京参加集中会审，会审的日程安排极紧，有时一忙就是一周，还常常加班加点。

功以才成，业由才广。为了心爱的科研事业后继有人，多年来，管铮几乎每年都参加同济大学测绘专业博士生、硕士生论文的评审和答辩。国家有关部委的“智囊”工作，他也积极参与，如2014年认真答复科技部征求对国家“十三五计划”的意见、参加2016年教育部组织的对各省授予学位的抽检评审等工作。一有闲暇时间，管铮就忙着给学生做学术报告和科普讲座。

如今，建设海洋强国已是国家战略，为了魂牵梦绕的海疆，为了挚爱的科研事业，忙碌了大半辈子的管铮，还将发挥他的聪明才智、贡献他的一腔赤忱，继续忙碌下去。

纪道顺
全能运动员的长跑路

回顾纪道顺的戎马一生，历经多岗位、多专业的锻炼，不同的角色他都交出了出色的答卷，堪称“全能运动员”。

1968 年 3 月的一天，武汉，一群新兵坐上火车，西辞黄鹤楼，千里赴戎机。纪道顺看着窗外的景致，由灵秀渐变苍虬，由平坦渐变叠嶂。纪道顺作为报务兵先在长安的总参通信十团参加新兵训练和学习收发报。训练结束后，纪道顺被分配到新疆库尔勒国防科委 20 实验训练基地第 4 实验部，这一部门是从事反导弹实验的。次年，纪道顺被选送去清华大学学习无线电技术，毕业后反导基地接命令转场云南。

基地在新疆的所在是军用地图上也找不到的地方，茫茫无际的荒凉戈壁，唯有神秘的胡杨树，活着一千年不死，死了一千年不倒，倒了一千年不朽，述说着英雄的传奇。风沙狂吹的时节，每天早上起来谁也不认识谁，满脸都覆盖着沙子，只能看见眼睛一眨一眨，还有咧嘴一笑的白牙齿。有一个气象室的女兵，被巨大的风沙吹滚了 19 公里，幸而没死。所有一切生活设施都是纪道顺他们自己动手搭建起来，包括住的地窝子、基地唯一的水源——一口深挖了 50 多米的井。粗粝的生活锻炼了纪道顺的意志品质，而生命的危险也时刻考验着他们。1968 年底，纪道顺他们在博斯腾湖那儿割铺在地窝子顶上的芦苇，芦苇荡如同红军过草地时的沼泽地形，处处暗藏陷坑，行进中纪道顺不慎掉入坑里，但他反应极快，两手一伸，挡住了身体的直落，可人像陷入淤泥中，旋着往下，战友用棍子支在他胳肢窝下，再用绳子把他拉上来。打井的时候，一次半夜一点多还在干，纪道顺正在井口扶住钻杆，不知何故，上方支架一个大铁钩掉了下来，把井口一根几十公分粗的钢筋都打弯了，这仅仅距离他十几公分，纪道顺又躲过一劫。

基地转场云南，大家先是步行了 300 公里，40 度的气温，只能晚上行军，白天就在胡杨下补觉，10 来天后上了军列，到宝鸡的时候，有个车厢电话坏了，纪道顺当时是电话班长，他爬上列车顶准备检修线路，刚上去，就听车站工作人员大喊："解放军同志，赶紧趴下！上面是高压线，上万伏，碰到就成灰了！"纪道顺冒着险匍匐着把线路修了。

从孤烟直的大漠到云南的深山老林，风景迥异，一切又需重新建设。在云南住的是"干打垒"筑墙盖的房子，班长纪道顺的班上 11 名全是党员，连队要求他们这个共产党员班，要在全基地的"干打垒"浇筑中争第一。纪道顺带领全班拼出了冲锋陷阵的狠劲，累了也不休息，创造了一天打 27 板的纪录，被誉为"共产党员干打垒模范班"。

1979 年反导工程调整下马，纪道顺分配至国防科委武汉办事处当助理员，做物资工作，负责各基地所需实验训练物资器材在中南五省的四代一调工作。当时中国的通信卫星工程代号"331 工程"，执行任务用的是美国 3M 计算机磁带，而平时训练所用磁带，是纪道顺工作范围内的航天部武汉 824 厂生产的。为保证和 3M 磁带不出现较大的偏差，纪道顺和厂里协商，建议一起走访执行 331 任务的基地，与他们面对面探讨问题。然后，纪道顺根据搜集到的磁粉掉落数量等质量问题，组织了三期由工厂生产技术人员和基地使用技术人员参加的培训班，统一了认识，统一了标准。开班时国防科委后勤部副部长专程来讲话，称赞这个班开得很好，急任务所急，急任务所需。纪道顺在整个任务中细致保障，严格把关。根据需要，要进口日本的基带，工厂资金缺口 60 万元，纪道顺协调争取，得到了上级的支持。1984 年 4 月 8 日，第一颗人造地球同步卫星成功发射，纪道顺荣立三等功，参加了在人民大会堂举行的庆功大会。

认准目标，发力冲刺，纪道顺这个“短跑运动员”干得漂亮！

1988 年纪道顺调到国防科工委武汉干休所当政委，这个干休所是当时国防科工委 27 个干休所里最落后的一个，老干部意见相当大，矛盾重重。纪道顺和所长一起商量，认识到老干部工作就是要抓住他的心（想什么要了解他），随他的意（想做什么要满足他）。他策划组织了门球队、钓鱼、书法等各种活动，玩还玩出了成果，门球队先后获得武汉市洪山区冠军、湖北省冠军，参加了全国比赛。老同志的学习也是纪道顺负责，开会时纪道顺认真，他说，会下你们是长辈，会上我们是工作关系。老同志的生活困难和需求纪道顺时时关心，老同志一有电话纪道顺就去解决问题，无论刮风下雨。1990 年干休所名列国防科工委后勤部 7 个干休所的第一，1992 年跃升至国防科工委全系统第一，1993 年跃升至全军先进干休所行列。

审时度势，勇攀高峰，纪道顺这个“三级跳选手”干得漂亮！

1995 年，纪道顺调到国防科工委在上海的华东办事处，先担任政治部主任，后担任办事处副主任，直至 2005 年退休。纪道顺把之前的经验传授，办事处所属的两个干休所没几年都评上了先进。纪道顺还兼任了十年的徐汇区双拥领导小组副组长，他积极沟通军地两方，不辞辛劳，有担当，有作为，解决了不少部队干部的后顾之忧，使他们能一心一意扑在国防建设上。军地合作无间，之前区双拥工作从未评上国家级的先进，1996 年评上后，以后几乎年年获评。

因势利导，激流勇进，纪道顺这个“赛艇选手”干得漂亮！

退休后，纪道顺做着自己喜欢的事情。他爱看书，书中自有黄金屋，他偏爱政治类的书籍，对社会发展有战略指导意义的，

1984 年荣立三等功时的纪道顺

也爱看科技类的，军事民用的前沿科技发展。看完了，他爱写点东西，但不张扬，写了就放家里，后来担任了支部书记，在学习的时候会拿出来讲一讲。每天的《新闻联播》纪道顺必看，老伴打趣地说，他还没有退休。纪道顺的爱人是哈军工毕业的，从事计算机软件研发，当年和纪道顺在一个大院里，偶尔碰到。“我知道你，你知道我，谁也没捅破这层纸，后来有人捅破了，行，我们自己联系吧，就这么联系上了。她跟着我东跑西颠的，学的都荒废了。”纪道顺遗憾中又不无幸福。

事业的长跑告一段落，人生的长跑还在继续，从黄鹤楼跑来的纪道顺，这个“全能运动员”，还会精彩地跑下去，支撑他的，是信仰，是始终不变的共产党员的初心。

（桂志华）

李斌臣
九死一生的志愿军战士

尽管已经过去了近七十年，但每当李斌臣回想起自己参加抗美援朝战争的经历时，那隆隆的炮火声就会再次在耳边响起……

李斌臣 1933 年出生在上海，1949 年进入解放军第十六军四十七师。该师是第二野战军的主力师之一，是有红军基础的部队，战斗积极性高，执行命令坚决，作风勇猛，长于攻坚。朝鲜战争爆发后，李斌臣的部队于 1951 年 9 月 24 日入朝。当时战争双方已经在三八线附近形成僵持局面，都有意愿通过谈判来结束战争。但就在第一轮停战谈判期间，为获得谈判的有利条件，联合国军和韩军发动了两次攻势，分别进攻朝中方西线和东线防线。朝鲜人民军和中国人民志愿军转入防御，同时还遭到了洪水灾害，很多防御工事被毁，前线处境十分困难。在这种情况下，四十七师奉命入朝支援志愿军东线的防御作战。

由于缺乏现代化空军编制，志愿军在朝鲜战场上没有所谓前线与后勤的区别，整个战线暴露于敌军的猛烈空袭之下。当时敌军大量装备 F-84 战斗机，每天使用炸弹、火箭和凝固汽油攻击我军的铁路、桥梁、供应集中处和行进部队。由于这种飞机翼尖各有一个副油箱，被志愿军战士们形象地称作“油挑子”。虽然名字滑稽，但是这种飞机能亚音速飞行，战士们还没有听到声音，飞机已经掠过头顶，炸弹已经丢了下来，让人防不胜防。李斌臣和战士们在开赴前线的途中吃尽了这种飞机的苦头。于是部队只能昼伏夜行，同时在夜间以大量民工抢修道路与桥梁，随炸随修。

1968 年，李斌臣在天安门前留影

战场上缺乏新鲜果蔬，战士们普遍患有夜盲症。李斌臣的部队在这么险恶的条件下在朝鲜的崇山峻岭中行军，终于发生了惨剧。当时李斌臣和战友们坐在一辆卡车的后面，连夜行军，在陡峭的盘山路上颠簸。突然李斌臣感到整个车子向一边猛然倾斜过去。那时并没有敌机的轰炸，周围一片漆黑，战士们大多还在松弛休息的状态。李斌臣不知道发生了什么，但是本能地察觉到了危险。他正好坐在卡车最后一排，赶紧一个翻身从车上跳了下来。双脚还没有站稳，身后的卡车就轰然翻下山去。除了李斌臣，卡车上的几十名战士全都跌下山崖，无一生还。前一刻还坐在他身旁的战友，一眨眼就全都和他永远分别了。李斌臣只能忍着悲痛告别战友，搭乘后面的卡车继续行军。

到达预定阵地后，李斌臣和战士们迅速投入到战斗中。在战场上，李斌臣负责的工作是对敌人打过来的各种未爆炸的炸弹和炮弹进行人工引爆处理。当时敌军根据二战时与德军作战的经验，对志愿军后方实行了“绞杀战”，妄图切断我军后勤补给，将一线部队饿死、困死。敌人使出浑身解数，每天不分昼夜地出动各式飞机数百架次，对志愿军后方所有公路、铁路、桥梁、兵站、指挥中心等地狂轰滥炸。志愿军则在统一指挥下对所有道路分段包干，军民合作，随炸随修，还在沿途派出防空哨，夜间敌机一来就鸣枪示警，汽车驾驶员听到枪声，全部关灯停车，飞机一走马上又开大灯光快速前进。敌机投照明弹找目标，汽车就乘机关灯快速前进，有时为追一辆汽车，投下一串串照明弹，场面十分壮观。除此之外，敌军还使用了新式炸弹“一把抓”，用来封锁交通要道。这种炸弹又称子母弹，每次爆炸就像爆米花一样响个不停，爆炸范围约有半个足球场那么大。

李斌臣负责的引爆工作极具危险性，因为在战时条件下，没有专业的引爆设备和严格的操作规范，只是把未爆炸的炸弹和炮弹集中到一个大土坑里，再放上炸药，点燃导火线。爆破可能波及的范围和导火线的长度都没有精确测量，全凭李斌臣自己的经验。有一次，李斌臣险些因为判断出现偏差而丢了性命。当时他点燃导火线后，退到安全地带等待爆炸。结果等了好长一段时间，还是没有动静。他以为导火线没点着，或者可能在中途熄灭了，于是再次走近土坑，想要一探究竟，结果发现导火线仍在燃烧，而且眼见就要燃爆炸药了。李斌臣连逃跑都来不及，赶紧就地卧倒。就在那一瞬间，所有的炸弹和炮弹在土坑里爆炸了，无数弹片从他头顶上飞过，李斌臣只感觉天旋地转，耳膜被震得嗡嗡作响。所幸最后只是受了一些轻伤，再次死里逃生。他也因此立了一个

李斌臣和家人在南京中山陵留影

三等功。

在朝鲜战场上像这样九死一生的经历，李斌臣还遇到过好多次。1953年7月27日，战争双方在朝鲜停战协定上签字。至此，历时2年零9个月的抗美援朝战争宣告结束。从朝鲜战场上回来后，李斌臣到解放军高级炮兵技术学校学习了枪炮维修，学成后回到四十七师，随部队驻扎在吉林省辽源市。李斌臣在工作岗位上先后立了1次二等功和5次三等功，退休时的职务是四十七师的后勤部长。

近七十年过去了，当年拍的老照片早已经褪色，但当李斌臣闭上眼睛，耳边再次响起隆隆的炮火声，似乎自己还坐在卡车上，在朝鲜的崇山峻岭中颠簸，而当年牺牲在朝鲜战场上的战友们，此刻仍旧坐在自己的身旁……

（陈文备）

陆柏青
晚晴风景别样美

陆柏青拄着拐杖出现在军休所的时候，年轻的工作人员远远地就招呼他："外公，您来啦！您慢点走。""外公，昨天修的电线没问题吧？""外公"，这是陆柏青在周围年轻人中独享的尊称，缘于他的亲切，缘于他退休后30年融入社区所作的奉献。

对于自己水电部队的军旅生涯，陆柏青用三个数字一笔带过：福建15年，安徽10年，江西10年，人生的颠沛辗转粗粝，都化作轻风淡云。也不是没有苦过，背钢砂、铲石碴，累到半死；也不是没有付出过，夫妻两人都在水电部队，一儿一女，从小就分别寄放在奶奶外婆处，思念如水坝翻滚下来的水流，湍急而不知该向何处去；也不是没有快乐过，女儿小时候来过暑假，暴雨使房顶"鼓"起了好多泡泡，陆柏青让女儿用妈妈的毛线针看哪个泡泡大就捅哪个，捅破之后，水哗地淌下来，一家三口哈哈大笑。长大以后，女儿才知道，那些泡泡是因为糊墙纸浸水肿大，才明白，父母亲的生活条件虽然艰苦，却以苦为乐；也不是没有成绩，陆柏青因为在新兵营建住房中为部队节约了几十万，荣立三等功。只是，1988年后三十几年的退休生活，更多色彩更多从容，叠加改革开放加速后带来的社会翻天覆地的发展和变化，陆柏青用"幸福自在"来概括。

其实，幸福从来都不是坐等其来的，很多时候她先用苦难考验一个人的心智，唯有坚定乐观的心灵，才能在历经磨难后品尝到幸福的甘甜。陆柏青刚退休就遭受了不幸。1990年底，他在参与杨浦区民政局优抚工作时被自行车撞伤，两次手术，最终右侧股骨头塌陷致残。肇事者是一名读研的学生，陆柏青没有让他赔偿，也没有向组织伸手，更重要的是，没有在精神上被压垮。他凭着毅力，顽强地撑着拐杖重新站了起来。

当时陆柏青居住的这个军休所的小区刚刚建好，各方管理不健全，面对脏乱差的局面，大家推举陆柏青及另一位军休干部和所领导一起，共同担负起管理小区的工作。陆柏青临危受命，全心全意投入其中，彻底改变了小区面貌。陆柏青热心地为大家服务，一干就是十几年。后来，他又担任军休干部管委会副主任多年，关心军休干部的生活，爱护工作人员，理解支持军休所工作。陆柏青还和爱人一起，不辞辛劳，花了半年时间义务为军休所整理历史照片，分门别类，主编了建所 20 周年纪念册。

在社区中，陆柏青的赤诚之心为大家赞赏，1994 年，大家推选他为徐汇区人大代表。陆柏青上任后，时时把选民的利益放在心中。他克服行动不便的困难，拄着拐杖深入社区听取群众呼声，敢于向上建言。有一个老旧小区拆迁，200 多户动迁户因对安置方案有意见，多次写信和上访，房产商又缺乏诚意解决问题，产生不安定因素。陆柏青多次深入小区走访，经调查研究写出书面材料，向市区两级政府和有关部门反映，最终促使问题得到圆满解决。陆柏青每年向区人大常委会提出 10 多条有价值的意见和建议，写出《关于行使人大代表权利的思考》一文，在区人大会议上作专题发言，并被收入《公仆心·为民情》一书。

小区边上的集贸市场有少数摊主欺行霸市，坑害顾客，陆柏青又被推选为集贸市场行风监督队长，数年来不论刮风下雨，还是严寒酷暑，“陆队长”总会带着一班老头老太，穿行在市场，义务上岗，挂证监督，给市民营造了一个公平有序人气旺盛的买菜环境。

陆柏青的这些奔忙，如果放在一个正常人身上，也许算不得

生活再艰苦，也挡不住陆柏青夫妇真诚的笑容

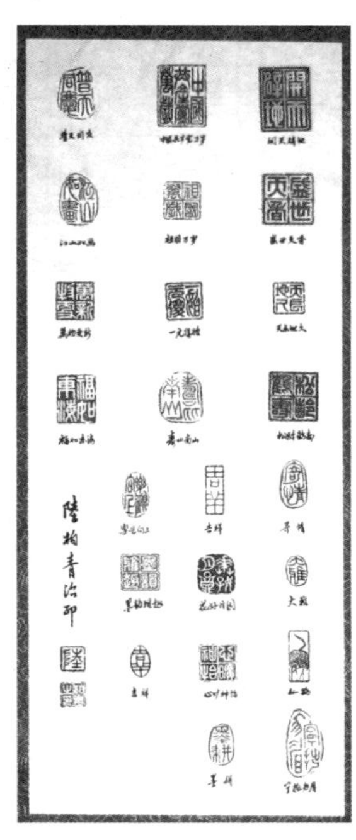

陆柏青的印章作品

什么，可陆柏青是一位右腿功能丧失靠拐杖行走的老人，特别随着年龄的增长，每走一步都是艰难，这全靠顽强的意志力的支撑。他为了保持住伤腿残存的力量，每天都要把哑铃放在脚脖子上，用腿“举杠铃”。家的一角堆放着各种重量规格、或购买或自制的哑铃。“现在越举越轻了。”陆柏青有些无奈，“还是走吧，我停不下来。”

陆柏青也有停下来的时候，那又是另一番精彩的天地。陆柏青和爱人的感情极好，退休以后，双双参加了老年大学书法国画篆刻学习，提升自己的艺术修养。还是 1999 年，夫人林宋伟用楷书写了一幅毛主席的七律《人民解放军占领南京》，抑制不住心头的喜悦招呼陆柏青来欣赏，陆柏青夸赞完了，悄悄来到隔壁房间，一个小时后，他捧着两方印章出来，端正地钤在爱人的作品上，

当年和爱人你书我刻琴瑟和谐

平添几分典雅从容，就像一个人，如笔那样龙蛇行走后，有了一个安定的支点。两人凝视许久，抚掌而笑。自此以后，爱人的书法，配上陆柏青的印，琴瑟和谐，相得益彰。林宋伟的书法艺术也突飞猛进，参加诸多海内外和全国书画大赛，获得银奖一次金奖20余次，成为上海市书法家协会会员。

有一次，美国伊诺斯州友好访问团来陆柏青家，待了一天，看到和体验到中国老人丰富多彩的退休生活，连声说好，并称这改变了他们来之前的预想。陆柏青的自强自在、好学乐艺、情系社区心系群众，使他多次被评为“上海市先进军休干部”，并荣获“上海市老有所为精英奖”。

（桂志华）

刘本新
磨难成就风流

刘本新珍藏着父亲的一封信，那是1978年12月23日党的十一届三中全会公报发表的第二天，老刘写道："现在的形势是人心思定，人心思治，人心思上……在历史大转折时，希望你办一切事情都要按照党组织的指示去做……"老刘是革命战争中立过大功的军人，他的忠诚和信念，就是刘本新成长的底色。

1976年，刘本新入伍当工兵。他刻苦训练军事技能，获得军区颁发的"神枪手证章"。提干后，在保密岗位上立功4次。他参加军区演习，当特大山体爆破出现哑炮时，受命一人排除了故障，左腿受伤。1982年，打坦克演习中他被坦克刮伤左腰部引起血尿，这是他与伤病搏斗的起点。

1984年刘本新调武警上海总队第五支队任指导员，因工作成绩显著，支队党委树立他为标兵指导员，荣立三等功。1985年，他在训练中引起血尿加重，又在演习中被失控的防暴车撞出20多米，伤及左腰，昏迷了一天多，从这时起他的小便时常是鲜红的，15年后才见好转。

1991年夏刘本新从武警学院毕业归来，参加上海太浦河会战，他劳累过度倒在地上，经检查，肝肾胰功能严重异常，医院两次发病危通知。他被评为"上海市治水先进个人"，荣立三等功，上海电视台连续7天播放刘本新的专题宣传片。总队长卢林元在表彰大会上号召学习"热情的拼命三郎"刘本新。

患病之初的4年，刘本新住院14次，可谓是病难缠绕与性命交关的岁月。后来医院对他实施“七日禁食疗法”不见效，延长禁食后，他凭着顽强的意志硬是39天不吃饭，体重由65多公斤直降到45公斤，头发全白，可病情还是不见好转。专家会诊认为刘本新命在旦夕，医院又两次发病危通知。以后的10个月里，他靠每天喝3小碗米汤维持生命。

1994年5月，养病中的刘本新受支队委派共创上海石化少年军校，第二年，该校被授予“全国先进少年军校”。刘本新从此走上了国防教育之路，病中他找到了克病致胜的战法。《在蔚蓝色的战场——台海军事斗争回顾》《我国的边界与边界军事》等十几个报告广受欢迎。《香港回归与百年军事》曾创下一个月讲71场次的纪录。各界听众在其记事本上留言无数，这些留言感动得刘本新多次流下病难中的幸福泪水。他为多所中学设计“野外演习”与“沙盘演习”，上师大二附中的“野鹅行动”被报纸和电视台播报，创新了上海学校国防教育新形式。1997年9月的《中国国防报》报道了刘本新的成绩。

1997年世界中学生定向越野赛，我国在60多个国家队中仅列第54名。刘本新受教委聘请出任总教练后，在次年的拉脱维亚世界比赛中，我国获得第12名。此后多次国际比赛中均保持了优良成绩。刘本新破解了德文版为准的《定向地图规范》，打破西方对定向地图的技术垄断，他被评为“中国定向运动九大奠基人”之一。他受邀赴清华大学、东南大学讲授定向运动，担任华东师大、华东理工大的定向教员与石化学院“军事课教授”。由于刘本新的突出成绩，上海市教委授予他“社区教育先进个人”，上海石化授予他“国防教育奖”“石化街道优秀共产党员”。他的大照片在宣传栏里挂了近5年，1998年8月5日的《人民日报·华东新闻》报道了刘本新作400多场次国防教育报告的事迹。

刘本新见义勇为的事迹至今被传诵。参军前他跳进水库救人，被县里授予“社会主义建设积极分子”，成为共青团全国代表大会代表，光荣入党。第二次是 1984 年 2 月，他在长江口冰冷的江水里救起一位跳江轻生的妇女黄梅珍。当时刘本新的妻子为她换上衣服，但她就是不说话，可刘本新刚满月的孩子“哇”地一声哭，黄梅珍的眼泪刷刷流下来，她说了话，吃了饭。原来，她生了一个女孩也刚满月，因受不了婆婆重男轻女的唠叨，便跳江自杀。刘本新去当地妇联和派出所联系，把她送回家。武警上海总队蒋光明总队长得知他们夫妻的事迹后，到中队慰问。15 年后，上海电视台为刘本新拍摄纪实片，他再次来到黄梅珍家里，她说：“是你救了我，更是你的孩子救了我。”第三次救人是 1987 年 12 月下旬，司法部与武警总部举办“金盾”法律知识竞赛，刘本新赴京参赛，休息日他去昆明湖游览，一个小女孩掉进冰窟，他毫不犹豫地滑入冰窟，把女孩救上来。寒风一吹，刘本新的衣服里外结冰，他带病参赛，获得团队第二名，个人荣立三等功。

1995 年 9 月 26 日，刘本新着便服从武警医院看病后，拖着沉重的病躯坐上回家的大巴，突然一个外地男子挥舞螺纹钢筋和砖石块砸大巴，击中几位乘客。刘本新冲下车大声警告：“我是武警警官，马上停止打砸！”行凶者继续乱砸，刘本新猛扑上去，打倒对方。但到底是病弱之体，头被水泥砖砸中，鲜血染红了脸和上衣，但他仍把凶者死死压在地上，直到巡警到场。上海石化授予刘本新“见义勇为奖”，拍摄了《刘本新印象》电视片，在石化电视台和上海电视台各播出一周，但他的头伤留下了后遗症。

刘本新的伤病多，自费药物也多，到 2010 年安置时，刘本新累积下近 7 万元的自费医疗费，对他来说这是一个天文数字，有几年过春节靠父母和弟弟接济。再苦再难初心不改，退休后 20 年里刘本新继续作了国防教育报告 431 场次，积极向政府建言献策。7 年中提建议 200 多条，市政府每年在 3 万多条建议中选有 100 条优秀建议给予奖励，刘本新三次获奖。刘本新研究抗战疑难问题，发表论文，编著三本书，复旦大学历史系教授冯玮称赞道：“在

刘本新展示当年父亲写给他的信，前方是他获得的“上海市优秀人民建议奖”奖杯

某些地方钻得很深，弥补专家研究的不足。”刘本新 7 次在央视与沪浙地方台做抗战节目嘉宾，受邀两次参加上海的国家公祭仪式。第一个国家公祭日，央视滚动播出他出镜解说的纪实片《最后的防线》，《解放日报》报道了他绘制千余幅抗战地图的事迹。原上海市委书记韩正对他的研究报告作出批示：“党和政府来不及做的你做到了，做好了……”

一个脆弱或失去信念的人，生活的磨难于他就是一种压迫；一个坚强而高尚的人，生活的磨难于他就是一片开出奇异花朵的沃土。伤病的痛苦成为刘本新奋力前行的动力，成为他启智明心的光亮。

磨难没有压倒刘本新，反而成就了他 28 年来的风流。

（桂志华）

梅竹茂
苦寒坚定之后的丰茂

梅和竹所代表的高风亮节，素来为世人所景仰。梅以其高洁、坚强、谦虚的品格，给人以立志奋发的激励，在严寒中，梅开百花之先，独天下而春。“梅花香自苦寒来”，寓意唯有不断地努力、修炼，克服一定的困难，才能到达成功的境界。竹则以挺拔俊逸的身姿引喻为翩翩君子，弯而不折、折而不断的特质，象征着柔中有刚有气节的做人原则。郑板桥以诗赞竹：“咬定青山不放松，立根原在破岩中。千磨万击还坚劲，任尔东西南北风。”

梅竹茂，姓名中梅兰竹菊“四君子”有其二，正暗合了其人生之密码：唯先有梅之苦寒竹之坚定，方能抵达丰茂之境界。

梅竹茂一入伍在上海警备区通信枢纽部（后改为上海警备区通信站），学报务当通信兵，后当电报站站长，再到通信营营长。梅竹茂热爱无线电通信工作，他犹记 1960 年，外军友人盛赞毛主席指挥的辽沈、淮海、平津战役，可以与世界上任何伟大战役媲美。毛主席则郑重地说：“四渡赤水才是我的得意之笔！”原来，正是当时红军三局无线电台与各军团保持不间断联络，并严密监听掌握敌军一举一动，帮助毛主席导演了一幕以少胜多（敌我兵力之比达到了空前的 13:1）的重大胜利，形成一渡赤水“避敌”、二渡赤水“歼敌”、三渡赤水“诱敌”、四渡赤水“甩敌”，红军展翅高飞的局面，创造了战争史上的奇迹。

自己的仔细认真能换来整个部队的“耳聪目明”，这激励着梅竹茂平时刻苦训练，上台操作静心细致。当时正好是蒋介石叫

1960 年，梅竹茂被授予少尉军衔

嚣着要反攻大陆，东部沿海部队的电报往来比较频繁。一些重要的电报，首长往往直接点名梅竹茂来收，梅竹茂取得了连续 40 万字无差错的优秀成绩，这在当时的南京军区是首例。这种一丝不苟的做事态度，也为梅竹茂之后的人生道路带来深远影响。

“文化大革命”来了，各路造反派“占山为王”，部队也受到影响。梅竹茂坚定立场不动摇，没有加入任何造反派。警备区接到中央军委八条命令后，派宣传处了解各单位“抓革命、促战备”的情况，并问梅竹茂在各单位都成立造反组织的形势下他为什不参加造反派。梅竹茂心平气和地说了两句话：一，我是穿着黄军装的造反派，造“帝修反”的反；二，中央有 16 项规定，其中第 15 条明确要求师以下部队是不能搞“四大”（大鸣大放大字报大辩论）。当时单位的造反派，给他做了个高帽（用铁丝和痰盂做的），准备批斗时给他戴上，梅竹茂依然不动摇立场。在大动乱时期，一个人有如此清醒的认识，咬定青山，不随波逐流，不趋炎附势，可见他正直，他实事求是。

1978 年，梅竹茂到当时的南市区当人武部副部长，后又调到普陀区当人武部部长。1987 年人武部划归地方，他又回到警备区机关。他多次被评为先进分子、五好战士、技术能手，荣立个人三等功。

2006 年，梅竹茂被推选为徐汇区军休干部管理委员会主任。自此，他在这个退休后的新岗位上兢兢业业，也得到广大军休干部的认可，所以一干就是十多年。梅竹茂担任管委会主任期间，组织重新修订了符合徐汇军休中心实情的管委会制度，明确了管委会工作的指导思想：管委会是个群众组织，既要支持、配合中心的工作，同时反映军休干部的合理意见和建议，维护军休干部的合法权益。梅竹茂按制度抓工作，坚持“三个坚持”：坚持会议制度；坚持会议有中心领导参与；坚持各委员将老同志的合理意见直接反映，做到“互尊、互信、互谅”。梅竹茂还能经常向区主管局反映中心的工作开展情况，以此监督、促进中心工作。种种举措一下子使管委会管理很有起色，搭建起了工休的桥梁。

许多军休干部有什么事经常第一时间给梅竹茂打电话，而梅竹茂总是先了解清楚情况，照文件说话，绝不添油加醋，对不合理的意见予以否定，将合理意见上报，公正、实事求是。如房改工作，有些军休干部不理解、不满意，梅竹茂均耐心做好解释工作，协助中心将房改工作顺利落实。梅竹茂很讲究工作方法，就像弹钢琴，不要只动一根手指头，要发挥骨干作用，要发动群众；讲话也要有艺术，别人才听得进去。

中心举行各项活动，梅竹茂必定参加，如春节走访、高温走访、伤残走访、三八节重阳节活动、智力体力运动会等。梅竹茂也热

1970年代梅竹茂在北京

心社会事务，如参加徐汇区“五老”报告团，为社区青少年举办传统美德讲座、书画展览和文艺汇演；参加湖南街道关心下一代工作委员会，暑期帮助青少年学习科技知识、接受爱国主义教育等等。每次募捐梅竹茂都是带头多捐，他说：“现在各方面生活条件都不错，国家视军休干部为宝贵财富，我们也不能忘记那些需要帮助的人，发扬扶贫助弱的传统美德，也为小辈们树一个好榜样。”

在军队这座大熔炉里一路成长的梅竹茂很相信榜样的力量，他表示，隔代教育中品德教育一定要抓紧，自己对孙辈的学习帮不上忙，但可以教育他们做人脚踏实地，做事公正有理。

（桂志华）

聂聆

战地芳华，青春永驻

她，是一名美丽的女兵，军旅半生，更有在战火焦土中救死扶伤的青春，成就她的坚毅豁达，成为她珍视的人生财富。

她，也是一个记者、诗人，细腻的文字报道军中见闻，深情的诗行呼唤爱与和平。

她，又是一位摄影家，身背照相机，穿越军营与都市，把军营直线条的力与美定格成最柔情的凝视。

她，就是聂聆。“人生无悔，我的芳华在军营。”回首往事，她心潮依旧起伏。

出生在南京军区大院的聂聆，自幼耳濡目染“最可爱的人”保家卫国的事迹与气概。1982年11月她光荣入伍，在南京军区12军36师担任师医院卫生员。1984年，七月流火的时节，聂聆揣着一分懵懂奔赴前线，参加对越自卫反击战，他们是全军第一批奔赴战场的轮战部队。那一夜，誓师大会，战友们用鲜血写下誓言。在闷罐军列上，女兵们都挤在这个没有通风透气的闷罐车厢里，一张草席横七竖八地脚下踩着。这趟军列由20多个闷罐车厢组成，足有千人以上的官兵。每天经过三次小小的军供站，前方战事逼近，军列只能停留30分钟，所有吃喝拉撒问题（哪有这么多水池哪有这么多蹲坑呢）只有这点时间解决。6天后到达昆明，休整半天换乘大卡车，又是三昼夜的披星戴月赶路。那个年代几乎没有路，卡车在崎岖坎坷的山道上颠簸。云南的红土地，山岳丛林，车队上坡下坡，洒向后方“烟云弥漫”让所有人窒息，没有清新空气，战友们一样捂着口鼻虚掩着眼，聂聆晕车呕吐到整个胃翻江倒海，最后连苦胆汁都吐完了，那真是绝望到窒息的颠簸，而严酷的考验才刚刚开始……

抵达野战救护所才发现，这只是几个用钢架三合板搭起来的简易棚子，他什么都没有。聂聆和战友们一起修公路、搭掩体、用泥浆和树枝作伪装、走山路扛床板、在山壁上挖猫耳洞，从零开始建设阵地。前方战事严峻，她与战友拼着命抢时间干。

作为野战救护所的卫生员，除了日常的打针换药，每一次激烈战斗结束迎来的是紧张的抢救任务，她还要在手术室帮助急救伤员、填写伤票、统计战伤。女医护兵也担负穿越炮火阵地去火线接运伤员的任务。为了防止敌人偷袭，伤员们都是夜里被送到野战救护所，多少个日夜，聂聆他们白天牵挂着战友，等待着前线传来捷报。夜色降临，无影灯通宵不眠，手术室忙碌的抢救，分分秒秒都是在和死神搏斗。透过一排排的输液挂瓶，满视野都是残肢、血肉、弹片、碎石，这里，仿佛也是一个惊心动魄的战场。当时敌人大量使用致死率低但致残率非常高的地雷，许多伤员都是腿被炸烂的，这种情况需要立即清创截肢。“呲呲呲呲”的锯骨声，穿透耳膜，触电般震颤全身，有如万箭穿心。战争残酷，青春喋血，百感交集，刻骨铭心。从此以后，每当聂聆听到《血染的风采》，这一幕就奔来涌来，将她整个人淹没。一本本战时伤病员登记簿底稿，她至今珍藏着，泛黄的簿册上变淡的血色仍透出一丝悲壮。

聂聆每天坚持写战地日记，将前线战斗的情况和自己的所见所闻记录下来，也告诉祖国的亲人。《解放军报》、36师《英雄报》、昆明军区《国防战士》、南京军区《人民前线报》等都刊登过她写的战地报道。聂聆在野战救护所工作战斗了整整一年。其间她和伤员们建立了深厚的感情，很多伤员至今都还保持着联系。有一段故事：那是一个布满阴霾的早晨，已经三个多月没有

上老山前线时的聂聆，揣着一分懵懂

摄影是聂聆对军营和生活深情的凝视

见到一丝阳光了，但是救护所病房里却是阳光欢笑，伤员们拿着祖国人民慰问的银耳罐头，一定要给女兵聂聆。一位盖班长说："银耳柔润光滑透明养伤，是一种特别的耳朵制成，和你名字的耳朵一样……""银耳……银耳……"于是"银耳"的绰号就在伤员们中传开。聂聆非常珍惜这些养伤的战友在野战救护所给她起的这么好听的绰号，"银耳"现在已经变成聂聆终身的网名了。

一年的前线艰苦战斗生活后，聂聆回到了安宁的祖国怀抱，考军校，提干，成为部队医务人员，又是新闻人才和政工干部。无论在哪里，身着军装的聂聆都被那一身绿色所代表的荣誉、职责浸染和熏陶。

回忆军旅学习训练和工作，聂聆有无数的难忘情节：军装情节、出操情节、紧急集合情节、营区卫生情节、细小工作情节、小生产情节、班务会等等情节。最常见的是紧急集合，每当有紧急集合的风声时，男女兵之间、女兵班之间的较量悄悄开始，因为女兵害怕自己的天性和烦琐会落后在男兵之后，因为女兵的不甘落后的好强意识。熄灯号后聂聆睁大眼睛熬着不睡觉，按要求打好备包，整夜和衣而躺，又冻又困不敢深睡，那个时代没有暖气没有空调，只有军大衣，但也抵不住北方夜的寒气，可是哨声总是在凌晨响起，这一夜真难度过，为的是给班级争光添彩，为的是哨音响起能第一个冲出去，为了战友们认可她们不是娇生惯养，为了证明女兵也不让须眉，聂聆又是第一个冲出“报告”……（其实这样是属于作弊哦。）

军营30余年，聂聆立功受奖无数，低调的她，一直默默无闻地工作，也从不将军功章示人。她觉得所有的荣誉只是一段经历，一个军人在军营奉献了一生，是尽了自己的职责，想想战场上没有回来的战友，这些纸质或者金属的纪念物，算得了什么呢？聂聆喜欢说一句话：女兵芬芳何须花。她的芳华里虽然没有太阳裙，没有巧克力和蛋糕，但是有直线加方块，永远的绿色随行，聂聆军旅生涯的每个阶段都在绽放着一个女兵的芬芳。至于那云南深山丛林里“但见悲鸟号古木，又闻子规啼夜月”的日子，那生死置之度外的战争经历，及和平时期的战备执勤、演习训练的日日夜夜，仿佛就在昨天，历历在目。也许儿女们不相信、现代的年轻人想不通、将来的后代更不会懂，然而的确是她的无悔青春和他们的纯真年代。

“你永远是这样年轻，年轻
……
只有大理石墓碑
昂然挺立在这无边山崖
为如梦的山野奏着永恒的军歌”

这是聂聆1985年写的诗《写在麻栗坡烈士陵园》中的几句，当青春为崇高的事业而牺牲的时候，青春是永驻的。在命运的阴影下，唯豪情与柔情兼具的青春，才能欢笑、矫健而行，像行走在美的光彩中，像夜晚，皎洁无云而且繁星漫天。

（陈文备）

钱柏椿
老枪传奇

去上海公安博物馆参观的人，都会在镇馆之宝——孙中山先生佩枪前面驻足，可大家不知道的是，若不是钱柏椿的识枪、寻枪、鉴枪，这件文物险些被张冠李戴。

那是 1999 年 9 月，钱柏椿在报纸上看到上海公安博物馆开馆的报道，其中一张照片标注为“孙中山用枪”，凭着丰富的阅枪经历，钱柏椿一下子就识出照片上的枪是蒋介石当年送给杜月笙的礼品，跟孙中山没有关系。他当即写信给时任上海市公安局长刘云耕，并提供了寻找孙中山用枪的线索。但由于时隔久远，公安局根据线索也没找到该枪。钱柏椿被请去，到了公安局，5 分钟时间，就找出了这支比利时制造的 6.35mm 口径、1906 式勃朗宁手枪。他又从卢湾公安分局的卡片档案中，证实了这的确是孙中山先生的自卫手枪。后来，国家文物局的文博专家评审此枪为国家一级文物，并表示：“国内现存孙中山使用过的枪支有好几支，但确有文件可资佐证的，仅此一支，极为珍贵。”其后，钱柏椿又协助公安博物馆对枪支展品纠错和展厅改版。

钱柏椿和枪结缘可以说是一辈子。1951 年，他刚工作时在上海市公安局，那会儿没收反革命财产，20 岁不到的钱柏椿天天看到接收来的枪，真是喜悦不已，常常把玩不止。后来组织上征求意愿，他毫不迟疑地要求去枪械股。钱柏椿的兴奋与好奇很快就转化成强烈的求知欲望。他不断地向局里的老法师请教，对枪械知识熟悉得非常快。

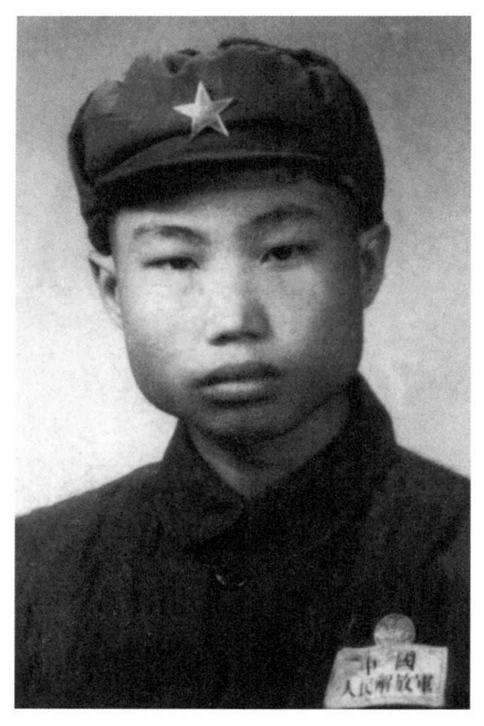

刚入伍时的钱柏椿脸上稚气未脱

“文革”的时候，社会动荡，钱柏椿非常担心局里那么多枪，万一流到社会上，后果不堪设想。他整日不敢离开办公室，造反派终于还是来逼他把枪械的钥匙交出来。钱柏椿去找主管处长，却发现他喷气式地跪在公安局门口正接受批斗，处长说，我无能为力了。钱柏椿连夜赶到上海警备区，作战处、保卫处的处长都表示，他们无法插手。钱柏椿只能回来跟造反派头头商量：“你不能动我也不能动，把这些枪封存起来。”造反派头头同意，钱柏椿这才松了一口气。

某单位抄家时发现一张照片，照片上一男子手持手枪，枪口对着镜头，照片背面写着：“某某：不许动，将手举起来。”该男子交代，照片是送给女友的，他拿的是支气手枪，枪早没了。

但他的交代没被采信，他反复受到批斗审讯。公安局光凭对准镜头的枪口，也无法鉴定真伪。技术科来找钱柏椿，钱柏椿从枪口花纹看，的确有点像勃朗宁手枪，但他细细看后，发现确实是一支国内很少见的法国产迪安娜牌袖珍气手枪。钱柏椿从没收品仓库中找出唯一一支迪安娜气手枪，由技术科在同样持枪位置上拍了照片，回去鉴定得出照片上确实是气手枪。钱柏椿对枪的博闻强记避免了一起冤案。

1982 年，钱柏椿离开公安系统，调任武警上海总队后勤部副部长。次年 6 月，斯里兰卡警察总监来沪访问，提出要参观上海公安学校。那个时候，百废待兴，公安学校除了校舍、老师和学生，就没有什么好参观的。无奈只好把市公安局枪支陈列室的 200 多支世界各国不同品种的枪支搬去，临时布置了一个陈列室。可没有讲解员啊，这位警察总监可是非常懂枪的，当时市局还一下子找不出能胜任的。领导想到了钱柏椿，马上打电话，让钱柏椿武警服换公安服赶到公安学校。果然，总监参观非常细致，提问也多，钱柏椿从容不迫周到讲解，还不时纠正不了解枪械的翻译的错漏译。斯里兰卡总监最后告别时紧握住钱柏椿的手：“我访问过很多国家，对枪支这样熟悉的，你是最厉害的一个。”

退休后钱柏椿的枪缘继续。职业习惯使他对枪械方面的话题非常敏感，比如新闻媒体报道美国校园少年枪击事件时，把少年所持枪械口径误报为 22mm，实乃公英制不同而出现的错误，应该是 0.22 英寸，如若真是 22mm 口径的枪，重量会大大超过 14.5mm 超重机枪，一个少年能提得动吗？再比如现在都称左轮手枪，其实是错了，应该称转轮手枪，向右转向左转的都有，只有向左转的才能称左轮枪。至于许多影视作品里出现 19 世纪人物拿着 20 世纪的枪、装弹数仅 7 发的手枪连续打了十多枪，钱柏椿看到这些也只好付之一笑了。

钱柏椿收集了 39 个国家、地区不同年代的枪械图片两千余张。

电视台、报刊等媒体时有约他参与讲解和组织枪械题材的稿件，他收集的照片资料正好与稿件配套，起到了图文并茂的效果。很多媒体也对钱柏椿的枪缘故事进行了报道，称他为“枪械专家”。对此，钱柏椿谦虚地摆了摆手，他的老有所为、所乐是他一生对枪的热爱的延续，也是他做人“认真”二字的延续。

（桂志华）

孙惠民
珍稀邮品见证航天辉煌

中国集邮总公司1999年发行的“嫦娥奔月”主图的实寄封。

德国1982年发行的中国古代火箭发明纪念实寄明信片。

贝宁1999年发行的万户飞天邮票。

第一颗原子弹爆炸成功40周年纪念封，“两弹一星”元勋程开甲院士签名。

“神舟一号”飞船太空搭载封，盖酒泉卫星发射中心1999年9月9日9时搭载入舱专用戳。

“神舟五号”返回舱回收封，首次启用带有飞船图案载人航天飞行回收纪念戳，我国第一位飞天航天员杨利伟签名。

“神舟九号”飞船与“天宫一号”交会对接成功封，三位航天员景海鹏、刘旺和中国首位女航天员刘洋签名，盖太空邮局邮戳。

一枚枚中国航天主题的珍稀邮品，静静地围绕在孙惠民周围，于无声处听惊雷，如同一座座丰碑，讲述着中国人飞天，从一个遥远的梦，到如今的辉煌成就。

北宋初期，一个名叫唐福的人把装满火药的纸筒捆在箭杆上点燃，燃气流从筒的后端喷出，推动箭身向前飞去，这就是人类历史上的第一枚火箭。

14世纪，明朝人万户，手持风筝，捆绑47支火箭点火升空，被称为“世界航天第一人”。

1964年10月16日，我国自行研制的第一颗原子弹在新疆罗布泊地区爆炸成功，成为世界上第五个自行研制原子弹并实施核爆炸成功的国家。1967 年 6 月 17 日，我国又成功进行了首次氢弹试验。

“神舟一号”飞船是中华人民共和国载人航天计划中发射的第一艘无人实验飞船，于 1999 年 11 月 20 日 6 点 30 分在酒泉卫星发射中心用“长征 2 号 F”火箭发射升空，标志着我国载人航天技术获得了新的重大突破。

2012 年 6 月 18 日，“神舟九号”与“天宫一号”载人交会对接获得圆满成功，三位宇航员先后进入“天宫一号”进行科学实验。实现了我国空间交会对接技术的又一重大突破，标志着我

孙惠民收集的太空搭载封，上为 1994 年中国首次搭载的太空邮品

5.1 突破载人航天技术

“神舟五号”飞船

2003.10.15.9时中国航天员杨利伟首次乘坐“神舟五号”飞船在酒泉卫星发射中心由“长二F”运载火箭 升空，送入近地点200公里，远地点350公里，倾角为42.4度的预定轨道运行，飞船上搭载了联合国国旗、中国国旗和2008年奥运会会旗。飞船返回舱在绕地球14圈后于10月16日6时23分在内蒙古自治区中部地区顺利着陆，首次载人航天飞行获得圆满成功，中国成为世界上继俄、美后第三个能够独立研制发射载人航天飞船的国家，使中国人千年飞天梦终成现实。

中国酒泉卫星发射中心军邮局制作的“神舟五号”返回舱回收封，首次启用带有飞船图案载人航天飞行回收纪念戳。此封由杨利伟和申行运签名。

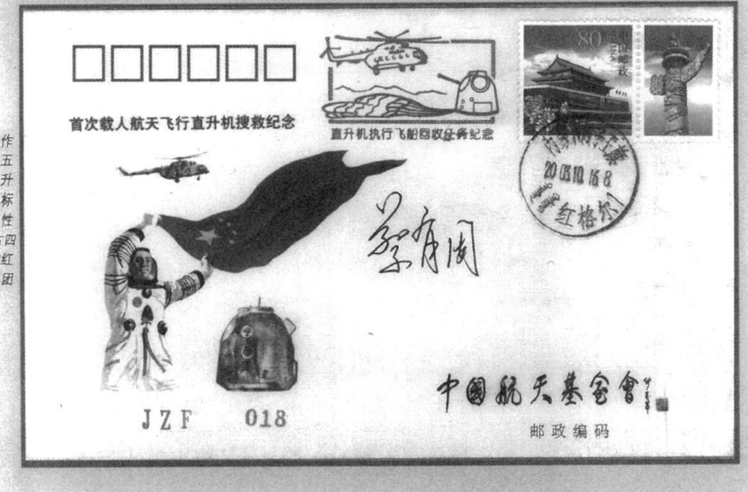

航天基金会制作的直升机执行“神舟五号”飞船回收搜救直升机机载封，贴带有华标图案的天安门80分个性化邮票，销盖内蒙古四子王旗2003.10.16.8红格尔1邮戳。飞航团团长蔡有周签名。

“神舟五号”返回舱回收封，上有宇航员杨利伟签名

国载人航天工程第二步战略目标取得了决定性的成果。

中国人的飞天梦从神话一步步梦想照进现实，如过电影般在孙惠民眼前闪过。关于此，世人看到的是一桩桩重大突破，一次次火箭腾空而起，一幕幕航天英雄鲜花和掌声中的凯旋，而在曾经的航天人孙惠民脑海中久久萦绕不去的，是其背后的荒凉大漠、设施简陋、人才奇缺，唯其艰难，方显勇毅；唯其磨砺，始得玉成。

孙惠民 1960 年高中毕业，因成绩优异，被保送哈尔滨军事工程学院，在电子工程系学习 5 年半，毕业后分配至酒泉卫星发射中心，从事地空导弹的研究。后来地空导弹分出来，在新疆成立了反导弹基地，1973 年又搬迁至昆明以北 200 多公里。1978 年底到国防科工委，管规划和科技管理。1989 年调到国防科工委驻上海办事处物资处，获高级工程师职称，当时外语考了 85 分。一次，西昌卫星发射中心发射一枚外国通信卫星，孙惠民接到任务，紧急采购大型机械用于 90 多米高的发射塔架安装。

工作之余，孙惠民对集邮情有独钟，这方寸之间的艺术既是美的欣赏，又是小百科全书。后来，孙惠民更是迷上了航天航空军事方面的邮品，先后收集相关邮票、首日封等珍品 500 余张（枚）。他编组的《辉煌的中国载人航天》5 框 80 片更是精品，含太空搭载封、搭载邮品多枚，钱学森、朱光亚、孙家栋、程开甲等科学家签名邮品多枚。从不同角度记载了我国航空航天事业，从无到有从弱到强的发展轨迹，系统彰显了国防科技发展的壮丽征程。这组邮品多次参加各种展出，并在第 22 届上海集邮节上荣获一等奖，孙惠民也被评为全国集邮先进个人。

孙惠民退休后，始终不忘强军信念，凭借自己多年积累的航空航天知识，多次到学校、街道为人民群众上国防教育课，广受好评。航天梦在孙惠民的生活中继续延展着……

（桂志华）

魏阿宁
中国海军的一枚螺丝钉

魏阿宁 1968 年 1 月应征入伍，到 2006 年退休，38 年的军旅生涯中，他先后当过海军建筑工程兵、战术工程兵，之后又在东海舰队机关的保卫部、组织处、纪检处和某基地政治部副主任工作，在不同的岗位上为祖国的国防事业作出了积极的贡献。

1969 年，魏阿宁所在的海军工程兵建筑独立第八营奉命在浙东沿海的某地建设秘密兵工厂。用了 7 年的时间，该营在山壁中凿出一个长 440 米、可同时停泊多艘舰艇的地下兵工厂，并安装了两扇重达 600 吨、抵御原子弹爆炸的防护门。这样巨大的工程在中国海军建设历史上是前所未有的。当时的工作环境非常艰苦，战士们住的是用毛竹搭起来的棚子，喝的是从山上用橡皮管接下来的泉水，七年间从没有穿过干净的衣服。就在这种艰苦的条件下，他们每天需要连续工作八小时，不管刮风还是下雨、酷暑还是严寒。挖隧道的工作既单调又充满了危险性。战士们需要先用风钻在坚硬的石头里凿洞，在里面填满炸药，然后点燃导火索引爆炸药，将炸开的碎石头运出洞去。这个过程中稍有不慎就会酿成严重的事故。一起挖隧道的战友几乎没有不负伤的，魏阿宁本人也在一次搬运的过程中被滚石压断了手指，导致伤残。就在这样的工作环境中，魏阿宁所在的部队提前完成隧道挖掘任务，他也从一名普通战士逐步成长为连队的指导员。

1976 年，兵工厂的建设工作完成后，根据上级的命令，魏阿宁所在部队由建筑工程兵改为战术工程兵，演练海军登陆作战，为解放台湾的登陆作战作准备。登陆作战具体分为海底爆破、海上登陆和海上架桥三个环节。其中海上架桥是指在登陆舰和海岸之间架起浮桥，供坦克、车辆和兵员通过。魏阿宁指挥的第一连就是负责海上架桥作战的试验。在最后的汇报演习中，他的连队在 24 分钟内就完成了架桥任务，将之前舟桥部队创造的最好成绩缩短了整整 13 分钟。

除此之外，魏阿宁的连队还圆满完成了多次上级布置的紧急任务。1977 年，浙江奉化遭遇严重洪涝灾害。魏阿宁率领战士们连夜集合赶往灾区，尽最大努力抢救人民群众的生命财产。他们在冲锋舟上奋战了整整半个月，最终帮助灾区群众渡过了难关。1977 年春节期间，战士们被先后调往安徽、福建、江苏、江西等地维护春运火车站秩序，为老百姓能够安全回家过年保驾护航。1978 年，战士们前往安徽巢湖，在汛期来临之前加固大坝，保障了当地人民生活财产安全。

1979 年，魏阿宁被调往东海舰队机关工作。1985 年 11 月 16 日，

1980 年代在东海舰队工作的魏阿宁（左三）

魏阿宁和爱人在一起

他随东海舰队出访斯里兰卡、巴基斯坦和孟加拉三国。这是中华人民共和国成立以后海军舰艇第一次走出国门，具有重大历史意义。魏阿宁当时在舰上担任编队首长警卫，负责舰艇的安全和人员的政治审查工作。最终舰队顺利返航，魏阿宁也圆满完成了自己的任务。

1990 年，魏阿宁担任了东海舰队纪检处处长，来到了海军反腐倡廉工作的第一线。1999 年，厦门远华特大走私案被揭发，中共中央专门成立“四二〇专案调查组”，其中时任纪检处处长的魏阿宁作为海军专案组成员，对涉案人员进行了认真的调查和严肃处理。除此之外，魏阿宁还配合上级纪委开展了“军队清房”

试点工作；还参与了“全军不经商”移交工作，在担任移交办公室主任期间，安全顺利地将原所有涉及有偿服务的军队企业移交到了地方。

由于其出色的工作，魏阿宁在纪检处处长的岗位上，立过两次三等功，获得过全军通报表彰。

2000 年魏阿宁来到领导岗位，担任某基地政治部副主任，直至 2006 年退休。在部队任职期间和家人长期分居两地，在山沟海岛待了一辈子，但他始终保持着当兵时的初衷，兢兢业业地在不同的岗位上奉献着。

建筑工兵、战术工兵、班长、排长、指导员、科长、处长、专案组长、政治部副主任……在 38 年的军旅生涯中，魏阿宁发扬螺丝钉精神，在各个岗位上作出自己的贡献。而他光荣而多彩的军旅生涯，也从一个侧面折射出中国海军近半个世纪以来的成长和发展。

（陈文备）

谢福根
蹈火神探

谢福根可谓荣誉等身。上海首届“人民卫士”、上海“东方卫士”、全国优秀人民警察、全国消防首届十大执法爱民模范，全国十大消防英模，1次二等功、7次三等功，嘉奖无数，享受政府特殊津贴，消防系统在公安部的唯一一个大型烟火燃放专家，公安部全国火灾事故调查专家，技术4级，是整个消防系统最高的技术职级。这是他赴汤蹈火近50年的成果和功勋，也是他传奇一生的概括。

1971年，初中即将毕业的谢福根走出了校门，走进红门，成了一名消防战士，开车7年。1978年从基层中队调到上海市公安局消防处，次年去中央人民警察干部学校学习一年。面对化学、物理、燃烧学、建筑防火等系统知识，谢福根兴奋之余深感自己知识储备的不足，他制定了严格的学习计划，每天只睡三四个小时，最终五门考试成绩总分499分，唯一扣掉的那分还是老师讲课时的口误造成。

回来后，谢福根成为一名爆炸物品处置和管理的技术人员。新婚第二天谢福根就接到销毁废旧炸弹的任务，他不敢跟新婚妻子说排爆，只说有任务出去一段时间，在远山的坑洞里和弹药的爆炸声中，谢福根度完了“蜜月”。此后十余年里，谢福根作为技术总指挥，先后进行了10次大型的销毁，处理了几百吨炸弹、炮弹和上千万发雷管，他多年与爆炸物品打交道积累了丰富的经验。在感知上，他练成了只要一闻爆炸后的味道，就可以基本判断出炸药的种类。他参与研制聚能切割处理大型弹体的技术。

1993年组织上派他去美国专门学习针对炸弹的排爆反恐。

1994年，谢福根担任火调处处长，当时他已有多年火调工作的经验。凭着一股钻劲和韧劲，他查阅大量书籍，不放过每一个火灾现场的学习机会。25年来，他的火调工作笔记就有三十多本。就像他当年参与研发的聚能切割器一样，谢福根积聚巨大的学习钻研能量，硬是把“火调”这硬而厚的“弹体”切开了，琢磨透了，成为消防系统赫赫有名的专家。

火灾调查重在“观火”，一片废墟中，一双利目，穿透火焰与火神对话，是自燃，还是不慎意外，或是人为放火？谢福根必须尽快定性。谢福根调查火灾几千起，原因查清率保持在99%以上。复查率几乎为零。其中参加了全国重、特大火灾的调查也有上百起。如此战绩在全国消防系统屈指可数，久而久之，谢福根赢得了火场“福尔摩斯”的美誉，而他总是谦虚而调侃地称自己最多是“福根摩斯”。

1999年6月28日半夜里，进贤路一户民宅失火，在朋友那里搓完麻将的屋主古某正往回走到弄堂口，邻居李阿姨冲他大喊“火烧啦”，古某闻听大惊失色：“我女儿还在屋里！”直往里冲，被消防队员拉住。火扑灭了，谢福根第一个走进古某家，只见古某的女儿已被活活烧死在床上。谢福根的眼光一转，看到床边地板上有火烧后不规则的孔洞，经验告诉他，床边被撒过某种易燃液体了，也就是说，很大可能是人为放火。谢福根找古某了解情况，发现这个古某有一点反常：他老婆数月前因癌症去世，现在唯一的女儿又惨死，可他只是抱着头低声说话，连泪水都没有一滴，还清晰地一一介绍屋里的情况。

但是，送去检验的地板上并没有检出易燃液体的成份，谢福根一愣，难道自己对失去亲人的古某的怀疑太神经过敏了，难道火是别的原因烧起来的？谢福根独自一人像考古一样，一寸一寸地在地上搜寻，一丝一丝地在灰烬里查找。翻来翻去，他在五斗橱脚边翻到三只麻将牌，两只已经烧得模糊，只有一只牌面还很清楚，是七索。谢福根又搬起五斗橱的脚，发现脚下面有一小块未烧毁的塑料皮，细看是有花纹的塑料地板。答案有了，原来古某家是铺着层塑料地板的，怪不得木头地板上检测不到易燃品，是和塑料地板一起烧掉了。谢福根的目光在四周逡巡着，脑子在飞快地转动：假如有汽油之类的易燃品，那么刚刚起火的时候烟尘里会留有易燃液体的成份，这种成份会附着在周围较冷的物体上。谢福根的目光停留在了电视机荧光屏和玻璃爆裂的碎片上。

谢福根走出古某家门的时候遇到居委会主任，她惋惜地说："要是她和别的小囡一样灵活聪明，可能就逃出来了。"谢福根追问，主任说："她有点弱智，已经留过一级了。"谢福根"哦"了一声，他吩咐同事去保险公司调查一下古某的投保情况，自己又找到了邻居李阿姨。李阿姨讲述的和古某讲的一模一样，古某确实是从外面回来的。谢福根问："古某喜欢搓麻将？"李阿姨点头："瘾头重啊，还蛮考究，一定要用自己的麻将牌，嫌弃别人的不好。"谢福根心里猛地"咯噔"一下。

果然不出谢福根所料，小块塑料地板、荧光屏碎片和那只七

90 年代谢福根在山里销毁炮弹，自己做的全能切割器，5 厘米厚的炮弹如刀切豆腐

索麻将牌上都检测出汽油成分，古某妻子在半年前给女儿投了多份保险。谢福根再会古某："侬昨夜打牌用的是你的麻将牌？"古某点头，谢福根掏出那只七索，"啪"地重重拍在桌子上，"格么，侬的麻将牌是自己跑回家的吗？！"古某一记头呆掉了，他不得不交代了犯罪的经过。原来，他在妻子去世后很快谈了女朋友，女朋友嫌他还有个"拖油瓶"，古某就动了杀意。那天深夜他打完牌回家放了火，跑到街上假装自己刚回家，还碰到往外逃生的李阿姨，自己家里又烧了个精光，自以为天衣无缝了，谁知一只麻将牌漏了破绽，谁知他碰上了"福根摩斯"。

谢福根精彩的火调故事一大堆，他参与了天津滨海特大火灾爆炸、江苏响水化工区特大爆炸、江苏昆山特大美铝碎屑爆炸、吉林中百商厦特大火灾、北京蓝极速网吧特大火灾、成都公交车放火案等大部分全国重、特大火灾、爆炸事故的调查。每一次谢福根都是几天几夜合不了眼，现场大规模燃烧后产生大量氰化物，有毒有害气体非常多，即使谢福根已是国家级专家，但现场调查他都是亲力亲为，细致入微到不放过一根发丝般的细节。谢福根说，面对这么多无辜的逝者、痛不欲生的家属、狡猾隐藏的犯罪分子、火场壮烈牺牲的战友，他不敢丝毫掉以轻心。每一个火场都是不同的，必须要在短时间内还原现场，谢福根的斗志从来就像弹簧，越困难越昂扬。这种责任和激情，就是谢福根传奇经历的支撑和注解。

谢福根如今仍坚持战斗在第一线，他也清楚地知道，他的技能和经验，也是整个消防系统的财富，他现在每年带 3 个公安部消防系统的学生，学生分布全国，他倾囊相授。谢福根作为大型烟火燃放专家，指导了 G20、上海、青岛的两次 APEC、六国峰会、上海世博会、北京奥运会等国际盛会的烟火燃放，接下来谢福根将投入到更紧张的工作中去。

（桂志华）

夏爽
长风破浪挂云帆

2019 年 4 月 23 日，中国人民海军举行建军 70 周年大型海上阅兵，以航母辽宁舰为首的三十余艘新型核潜艇、新型驱逐舰、护卫舰群、登陆舰等霸气亮相。夏爽通过电视观看这一盛况，心潮澎湃。

作为新中国海军实力不断发展壮大的参与者、见证者，夏爽不禁回想起自己刚进海军那几年的情景。1965 年，夏爽考入上海交通大学船舶制造系潜艇设计与制造专业，经过 5 年的学习，他于 1970 年毕业进入海军东海舰队。那时候中华人民共和国虽然已经建国 21 年了，可我们的海军力量还非常薄弱。也正是在 1970 年，随着我国第一艘核潜艇建成下水，揭开了海军发展的新里程碑。夏爽也从穿上海军军装的一刻起，树立了要为海军的强大奉献一生的决心。

1976 年，夏爽从舰艇长调到海军装备部，在上海求新造船厂当军代表，负责该厂海军舰艇的监造。1988 年，夏爽经过对当时海军猎潜艇 037 型的监造研究，利用自己的专业知识，进行了 037IG 型导弹护卫艇的论证和方案设计。当夏爽带着方案随局领导到北京汇报的时候，得到了领导机关和首长一致肯定和重视，当年设计当年批准当年开工，堪称当时军舰批复建造的“深圳速度”。

初战告捷，夏爽随后在 1989 年被调任驻上海江南造船厂的副总军代表，江南造船厂当时正在负责制造 052 型驱逐舰。海军 052 工程是之前立项的国务院总理挂帅的中央专委项目，称其为

“国之重器”一点也不为过。1988年，首艘052型驱逐舰在江南造船厂开工，1990年5月安放龙骨，1991年6月下水，命名为“哈尔滨号”，舷号112。052型驱逐舰是多用途导弹驱逐舰，具备较强的反潜、反舰、防空综合作战能力。舰体较前051型提高了在恶劣天气状况下稳定性的长宽比，适航性有明显改进，采用柴—燃联合动力装置。其电子、武器和动力设备较多来自欧美等西方先进国家，由此也获得了“八国联军”的诨名。这虽然是一种调侃，但背后凝聚着夏爽和战友们，与广大的工程技术、制造人员大量的协调、整合，甚至返工的艰辛，工程实施过程中，解决了无数个“第一次”。

1994年5月“哈尔滨号”交付海军，荣称“中华第一舰”。曾任海军司令员、时任中央政治局常委、中央军委副主席的刘华清专程来上海出席交舰仪式。海军指定夏爽向刘华清汇报，刘华清主导了整个中国海军的现代化进程，夏爽有问必答，刘华清听

1995年的夏爽，身后就是凝聚了他无数心血的052型驱逐舰

2000 年远征归来的夏爽

了汇报后非常激动，直言：“这是一项伟大的工程！”052 型的入役，将中国海军驱逐舰的综合水平一下子向前推进了 20 年，相当长的一段时间，两艘 052 型是中国海军中仅有的具备远洋综合作战能力的驱逐舰。更重要的是，这不仅仅是造了新型导弹驱逐舰，而是为中国海军装备研制开辟了新的道路，通过 052 工程，中国海军成功实现了大量引进技术的国产化，为我海军舰艇大跨步发展打下了坚实的基础。1994 年下半年，夏爽调任海军装备部上海军代表局总工程师，并记三等功一次。

1995 年，夏爽调任海军专项装备引进办公室，先是负责人后任主任，负责武器装备的引进。1996 年，台海危机，中国军队在东南沿海进行导弹试射和大规模军事演习震慑台独。但以当时海军实力，和西方相比差距依旧很大（052 系列军舰尚未成军，051 型过于老旧），难以对抗美军介入。夏爽受命去俄罗斯考察之后，经过研究和论证，向海军领导汇报，并负责起草了给中央军委的报告，细致专业地汇报从俄罗斯引进先进导弹驱逐舰的作用和重要意义。

随后，中国分两次购买 4 艘 956 导弹驱逐舰。这也是 50 年代中苏蜜月期以后，相隔数十年中国再度向俄罗斯订购水面作战舰艇。956 型驱逐舰满载排水量达万吨，整体设计围绕反舰作战为中心，舰体设计雄壮，具有超低空、超视距、超音速的反舰导弹的强大作战能力，堪称 80 年代苏联海军驱逐舰中反舰与防空战力最强者。这也让中国海军快速取得了能迅速形成战斗力的现代化舰艇来解燃眉之急。

夏爽作为海军专项装备引进办公室主任，承担了组织多型海军装备引进工作，并主谈了后两艘 956M 舰的购买合同，随后，又领衔谈判了 636M 改进型导弹潜艇、海军型苏 30 战机等重要海军装备购买的主合同。在和俄方的谈判过程中，夏爽认真研究合同，横向比较性能价格，并琢磨出许多谈判策略和技巧。夏爽在海军专项装备引进工作中做出了突出贡献，因此荣立二等功。2001 年时任海军司令员石云生在海军党委全会上总结：这 5 年海军的发展抵得上过去 50 年。

一直到 2006 年，夏爽几十次前往俄罗斯商谈海军装备引进，有一次还出面帮助空军和俄方谈成一个对方起先不答应的项目……

目睹参加阅兵的中国海军一艘艘威武战舰，乘长风，破万里浪，直挂云帆渡沧海。夏爽泪花渗透在眼角，但也露出欣慰的笑。

（桂志华）

阎长春
老牛奋蹄不等闲

2019 年建军 92 年之际，阎长春光荣地被评为徐汇区“最美退役军人”，2018 年，85 岁的阎长春将自己笔耕几十载的成果结集成书，散文、杂文、诗歌各一辑，共计 25 万余字，被上海市《军休天地》杂志评为十佳作者。这里既有阎长春山一程水一程的人生情境，也有他海阔天空臧否事物的思考感悟，还有他抒发性情颂风咏物的新旧体诗。四时万物，阎长春独爱天高云淡的秋天和霜重色愈浓的枫树，遂以“枫叶”为丛书名。

1933 年阎长春出生于江苏徐州的一个贫苦家庭，15 岁的时候被国民党抓兵，1948 年 11 月，随秘密党员何基沣部光荣起义，成为人民军队的一员，其后，他参加了淮海战役、渡江战役。解放后，阎长春在南京军区空军后勤门诊部工作。那时候给病人打针，针头粗，一针扎下去很疼。喜欢钻研的阎长春运用巴甫洛夫学说的兴奋灶转移理论，边聊天边扎针，病人痛感顿减。阎长春的经验在南空后勤门诊所总结推广。

1954 年底，阎长春奉命参加解放东南沿海岛屿的战役，他做好了牺牲的准备，给父母写信，婉转地告诉二老今后某某战友会与他们联系，又把节省的津贴全部交了党费。次年 1 月，一江山岛战役打响，阎长春担负海上救护任务，炮弹就在他所在炮艇的右舷爆炸，他冒着敌人的炮火抢救了两名海军战士。在后勤部直属机关党委召开的年度工作总结表彰会上，阎长春因工作勤恳创新、为解除病人痛苦积极钻研业务，在解放一江山岛战役中较好地完成了战场救护任务而受到表彰，并荣立了三等功。1967 年，阎长春又随野战医院援越抗美，担任医院教导员。

1981-87 年，阎长春具体负责“南空”转业干部移交工作，七年来，他和同事们移交安置了近 900 名转业干部，多次受表扬。转业干部情况各不相同，阎长春认为有必要在移交前同每一个同志见面，摸清情况，了解诉求。“南空”部队又比较分散，有的在海岛，有的在偏僻山区，阎长春往往要在个把月时间跑遍“南空”范围的三省一市，不得不日夜兼程。而一批结束，下次还没开始，阎长春仍然不会停下脚步，他到各接收单位联络感情，看看他们有什么需要，以利于下次工作的展开。在具体事情具体处理中，阎长春始终自问“假如我是转业干部”，将心比心，换位思考，千方百计为转业干部着想，得到了大家的信赖和感激，很多同志到地方后，一直和他保持联系。

离休后，阎长春看到小区管理不佳，决定竞选业主委员会主任。这可是个费力不讨好的活儿，何况他身体也不好，但阎长春的想

1956 年提干后的阎长春

阎长春和爱人金婚留念

法很简单：社区就是一个小社会，它治理好了，我们的社会、国家才会更好。“群众利益无小事”“民有所呼，必有所应”，阎长春执此信念，为民奔忙 12 年，未取分文报酬。他无私奉献的精神和一心为民的赤诚之心，得到居民的一致认可。有一年春节将至，阎长春想到有的农民工无法回家团圆，决定邀请他们到家中过年，大家都不好意思来，阎长春一句“你们为了上海的建设放弃了与家人团聚的机会，我们才不好意思呢”让大伙儿打消了顾虑。大家一起动手分烧家乡菜，聊家常，叙乡情，唱卡拉 OK，其乐融融。一个别样的年夜饭，让农民工看见了一位共产党员心系群众的真心，感受到了社会主义大家庭的温暖。

2016 年，军休中心组织纪念长征胜利 80 周年知识竞赛活动，阎长春克服视力差、血压高、忘性大等困扰，卷不离手，带病参赛，夺得第二名。阎长春说，以 80 多岁的高龄参赛不是为了争名次，而是希望借此重温军史、党史，唤起对入党初心的回忆。

近 20 年来，阎长春拿起笔，从身边人、身边事写起，以小见大宣传党的政策、讴歌党的光辉成就、为实现中国梦鼓与呼。其实，写作对于阎长春并非易事。参军前，他只上了4年小学。入伍后，他利用业余时间充电，自学完初中课程。为了弥补文化水平上的不足，他古稀之年进上海师范大学老年大学，学书法，进修唐诗宋词和古典文学，一学就是15年。由于他刻苦努力，文学理论水平和写作能力都得到了很大的提高。阎长春先后在军地报刊杂志刊登文章百余篇诗作近百首，不乏获奖作品，2018年，《甲子党龄初心情》在全市征文活动中获二等奖；《变化，就在咱身边》在市老龄办举办的“不忘初心，共话发展”征文大赛中，名列优秀作品前茅。

“老牛奋蹄莫等闲”，阎长春习惯随身携带个小挎包，里面装着纸笔和眼镜，走到哪儿思考到哪儿、记到哪儿，就像一个战士永远枪不离手。阎长春有着四十多年的糖尿病史，后来又得了高血压和心脏病。到了晚年，他的左眼视力只有0.3，右眼几乎失明。可每当他一拿起笔，一铺开纸，专心致志，就忘记了烦恼和病痛。医生问他，年龄这么大，精力还这么充沛，吃的是什么补药啊？阎长春笑答：吃的是“翰墨”和“纸香”。

阎长春和爱人风雨同舟相濡以沫近60年。1962年5月4日他们同心永结，因为两人当时都是做共青团工作的，所以选择在青年节喜结良缘。爱人是位勤俭持家的好手，对阎长春的工作无条件支持，为家庭默默奉献。阎长春和爱人常以元代女词人管道升夫妇为榜样：他们自比泥人，打碎了，“用水调和，再捏一个你，再塑一个我”，用互敬互爱替代埋怨，用微笑欢快替代责怪，“我泥中有你，你泥中有我”，婚姻既重塑了自我，又夫妻一体。

阎长春第一首诗《走向生活》写于1958年，当时他还配了曲，作为护校的毕业歌传唱。“我们年轻的白衣战士，将走向生活的海洋。”阎长春如今仍能吟唱。以诗传情，以歌咏志，以文载道，那诗意的光泽如云出岫，温润了阎长春一生的时光。

（桂志华）

虞谦
执着军队事业的信息技术专家

2008年5月12日，四川汶川地震，里氏8.0级！大批房屋倒塌，大批人员伤亡，还有许多人被困，汶川牵动了全国人民的心。由于基础设施损毁严重，通信设备大面积受损，给灾区救援带来极大的困难。5月14日下午，上海警备区收到国家经动办要求支援四川地震灾区一辆应急通信车的紧急请求。时任警备区通信处长的虞谦接到了这个任务。作为一名通信处长，职责就是平时保畅通、急时应急通。虞谦连夜进入战备状态，组建了9人的应急机动通信分队，次日清晨6时30分，携带前一年刚完成研制的最新应急通信指挥车和一辆保障车，奔赴灾区。他们昼夜兼程，驾驶员轮流开车，摩托化强行军44.5个小时、2270余公里，于5月17日凌晨3点到达成都抗震救灾指挥部。

虞谦和同志们顾不上休息，立即与四川省抗震指挥中心进行设备对接。他深知“使命高于天，我们抢一秒钟，就可能为救灾多赢得一分钟宝贵时间”，即刻赶赴重灾区平武县南坝镇。到达指定地域后，在随行各方媒体的关注下，在满目的废墟和疮痍上，虞谦15分钟内顺利开通所有的通信设备，利用高清视频会议系统迅速有效地向抗震指挥部送回了第一组视频图像，并在同一时间开通了卫星电话，让南坝镇恢复了与外界的联系。在南坝镇参与救灾的部队官兵和医疗队队员纷纷来到应急通信车前，排队给自己的亲人、单位领导打电话。某同志同妻子接通电话后，对方焦急地责问：“这么多天了，你干嘛一个电话都没有，让我担心死了……”从广东赶来的疾控医疗队队员小刘，在通过卫星电话联系到队长后，一时说不出话来，对着电话流下了激动的泪水。

5 月 18 日，在南坝镇的第二天，余震不断，生命安危的阴云时刻笼罩在虞谦和他的队员头上。上午虞谦接到南京军区作战部电话，称进驻南坝镇某村的第 455 医院医疗队，两天来一直无法取得联系，请予以寻找和支援。应急机动通信分队立即派出通信兵寻找。12 时，当得知他们的大概方位后，通信兵携带卫星电话，驱车前往。此时仍有余震影响，部分山体出现滑坡，车辆在危险中不间断搜寻，终于于 12 时 30 分在响岩镇找到了医疗队。第 455 医院副院长沈旭东说，他们那里是一个信息孤岛，只有到绵阳市区去才能向上级报告情况，每次往返需要 8 个小时。很多队员自 14 日离家之后，至今没能和家人取得联系。卫星电话接通后，沈副院长迅速向上级报告救灾情况，医疗队队员也纷纷往家里报了平安。“好了，不多说了，后面还有人。”考虑到人员众多，队员们自觉长话短说。455 医院老职工顾振华，那年已经 56 岁了，在接到任务后，还没来得及通知家人，衣服也没来得及带，便和医疗队赶往灾区一线。谁知到了这边又没有手机信号，家人

虞谦在汶川抗震抢险

上海世博会期间在联合指挥部指挥中心工作的虞谦

一定非常担心。然而，他还是井井有条地为医疗队做好后勤保障。电话通了，他一边向家人报平安，一边将泪水擦了又擦。

之后，应急通信分队又积极向四川省抗震救灾指挥中心请领任务，到受灾最严重、最需要他们的地方去，打通“通信生命线”。上海警备区应急通信分队辗转平武县南坝镇、青川县竹园镇、绵竹市汉旺镇等多个重灾区，冒着余震和泥石流的危险，克服了生活上的重重困难。每到达一个地方，带队干部都会第一时间主动同当地抗灾指挥部和抗灾部队指挥所取得联系，详细介绍通信保障的能力和手段，尽全力为他们提供顺畅的通信联络，同时迅速建立起当地覆盖所有救灾部队的卫星程控电话网，让抗灾救援行动指挥联络更加快捷。

在这次救灾行动中，应急通信车保障了总计 12 个团以上单位的 47 条通信话路，卫星设备共开通 136.5 小时，传输 2.1G 数据信息。为政府实时掌握救灾现场动态，实施救灾部队调动和医疗救护的统筹安排提供了有力的通信支撑。完成保障任务后，虞谦带队 5 月 31 日安全返回了上海。

虞谦于 1965 年出生，1983 年考入解放军电子技术学院计算机工程系，1987 年分配至上海警备区工作，在警备区教导大队机要室、警备区司令部机要处、自动化站、通信处等单位历任译电员、参谋、自动化站长、通信处长、高级工程师（技术六级）。在部队工作期间组织完成了多项重要工程的设计和建设、多项重大演训和世博安保等活动的通信保障，可说是上海警备区的“信息技术专家”。

2001年，美国911事件震惊了全世界。虞谦注意到，被恐怖分子袭击的双子大厦中有一家公司在当地的郊区进行了数据备份，这家公司的业务在恐怖袭击后马上恢复正常运转，而其余大部分公司因为没有备份系统而遭到了毁灭性打击。2004年，上海4号线在修建过程中出现了坍塌事故，导致社保中心大楼倾斜。当时市政府专门组织了一个突击队，冒着生命的危险进入大楼去抢救社保数据硬盘。受到这两件事情的启发，时任自动化站长的虞谦提出上海警备区也需要尽快建立一个应对突发事件的容灾备份智能管理系统。于是他带队调研国内外知名厂商的相关系统，结合警备区指挥枢纽的实际特点，在经费非常有限的情况下开发出了整个容灾备份智能管理系统。该系统一路过五关斩六将，最终获得了军队科技进步奖一等奖，是全军省军区系统唯一一个获此殊荣的单位。除此之外，虞谦结合工作实践组织完成的多个科研项目还分别获得过军队科技进步奖一等奖1次、二等奖1次、三等奖4次，发明专利6项，虞谦本人也因此荣立一等功1次、二等功1次、三等功2次，并获军队杰出专业技术人才奖，他还是北京奥运火炬手。

虞谦2015年5月退休后，继续带领着技术团队在新的领域攻坚克难，用信息技术手段为提高军队、武警、公安、民兵和学生军训的轻武器射击训练水平添砖加瓦。另外他还担任了兵器装备集团某研究所的特聘技术顾问，和上海市保密局信息安全评审专家，继续在信息领域努力前行。

（陈文备）

余争平
文艺兵战场就是舞台

从中央电视台《星光大道》《开门大吉》《我要上春晚》等著名综艺栏目军歌声声，到上海人民大剧院、云峰大剧院军旅歌唱家专场演唱会；从上海公共文化配送的公益演出，到军休中心老干部合唱团的排练指挥，65 岁的余争平穿梭在各个舞台，嗓音嘹亮的男高音依旧，激情澎湃的军旅歌曲依旧，主持人朴实幽默的调侃词依旧，余争平风采不减当年。

1954 年出生在兰州的余争平 16 岁就进厂当工人，干了 4 年多，爱钻研的他已是二级车工了，但天生有一副好嗓子从小就喜欢唱歌的他，心里永远有个军旅舞台梦。功夫不负有心人，经过多次报考，1974 年底余争平终于被部队选中，进入部队文工团。

在部队这所大熔炉里，余争平如鱼得水吸取着音乐世界的各种营养。经过努力学习和舞台锻炼，几年的时间里他和另外一位战友演唱的男声二重唱响彻大西北，也是团里演出每场必上节目，余争平成为兰州军区战斗文工团的台柱子。

革命的激情燃烧着文工团的年轻人，余争平和团里漂亮的上海姑娘女高音歌唱演员恋爱结婚了。20 世纪 80 年代初，妻子转业回到上海，作为人才引进调入上海歌剧院当上了专业歌剧演员，两年后组织保送她进入上海音乐学院专修声乐，1985 年，余争平调入武警上海总队文工团，和家人团聚。

几年来，余争平通过努力工作当上了文工团的副团长、团长。整天忙得不可开交。同时也充分发挥了他既当过基层部队的业余文艺兵，也干过专业文工团歌唱演员的一专多能，一切干得得心应手。

上海武警文工团是非编单位，部门不健全，业务工作、行政工作，都靠团长事无巨细的操心，余争平忙得都几乎忘掉了自己的老本行——唱歌，但辛勤的耕耘终于有了丰硕的成果。1996 年，全国各省市武警文工团在北京搞了一次汇演，余争平率上海武警文工团夺得团体第一名，并为党和国家领导人进行了精彩的汇报演出，《人民日报》头版头条作了报道。一时余争平名声大震，赞誉声不断，回到部队组织上为他颁发了个人二等功。

由于年轻时患过的重疾没有彻底治愈，加上文工团里整天工作繁忙，除了自己唱歌外还要抓人事管理，还要抓创作、安排演出，排练新节目、迎来送往等杂务工作，他终于病倒了……上帝在给你荣誉的同时也会借此煅你筋骨，由于误诊，余争平在医院切除了一侧肾，一切戛然而止，2000 年他从部队病退。

告别部队的舞台，心中几许惆怅，虽然天天唱着“敢问路在何方，路就在脚下！”但是到了这个时候，往往显得无助。余争平时不时会想起天南海北为官兵演出的场景。一次，军区文工团前往某

1982 年在兰州军区的余争平

余争平（中）率“老兵组合”参加《星光大道》

火箭发射基地慰问演出，途中，路过一个山头时他们看到两位战士在山顶上站岗。在团长的带领下余争平和几位战友爬上山头，为两位哨兵做了专场演出，西北的风沙狂舞不停。《骏马奔驰保边疆》刚一张口唱“骏马”马字时，一把沙子刮进嘴里，呛得他眼泪都出来了，但是演唱歌声不能中断，要继续唱下去，等唱完这首歌那口沙子吐了半天也没有吐出来，早就吃进肚子里了。这是余争平演艺生涯中观众最少的一次演出，也是最有意义的一次。

1982 年去西沙群岛慰问祖国最南疆的海岛战士，余争平是典型的西北旱鸭子，上了军舰一路狂吐，上了码头后还吐不完，战士们笑说：这叫晕码头！晚上为战士演出更是异常难受，炎热的天气加上潮湿的海风一吹，浑身上下黏黏呼呼的，台上台下统统汗透军服，但是，看到年轻士兵热情的面孔，真诚的掌声，余争平相信一切都是值得的。用不太合适的话来说，“我们文艺兵就是那油花子，啪地扔到水缸里面，你必须漂在上面，不能沉下去喽，沉下去了这油花子就没有意义了。”

往事历历，旋律声声，退休了的今天，余争平的艺术能力和军人情怀让他无法停止歌唱。近几年，他召集了一群从各大军区文工团退役或者转业的艺术家，组成“军旅歌唱家”老兵艺术团，参加了上海文化配送活动，经过专家评审，社区点单，一首首传世军歌、经典老歌唱响大街小巷，广受社区中老年观众的欢迎。近三年他们演出了两三百场，有时候甚至一天两场。余争平在舞台上深情地说：“今天我们再一次穿上军装，再一次敬个军礼，再一次唱响军歌……虽然我们的军装上没有资历牌、没有姓名牌，但我们永远是为祖国站岗放哨的一个兵……”

电视上看到俄罗斯阅兵式上那些挂满军功章、两鬓斑白又神采奕奕的“二战”老兵们，余争平敬佩之情油然而生，我们伟大的中国人民解放军的队伍中也有成千上万浴血奋战九死一生的老兵们，我们也要为他们讴歌。

余争平与另外两位老艺术家组成“老兵演唱组合”，从 2014 年起多次登上中央电视台综艺《星光大道》的舞台，并获得过月冠军，还有多个央视综艺节目。每当他们站上舞台，挺直的腰板，“啪”的一个军礼，喊出“向全国 5000 万退役老兵致敬”时，凡是有过军旅生涯的老战士们无不为之动容。著名老艺术家郭兰英在现场听他们唱《我是一个兵》时感慨地说：“这让我想起 16 岁参军时候的情景。”组合虽“老”，但不妨碍创新。他们针对不同的表演场合，排演了各种各样的曲目与联唱，还特意定制了不同类型的演出用军装。

余争平天天都要弹着钢琴练嗓子，他觉得声带也跟人的皮肤一样，人老了，皮肤会松弛，声带也会松弛，平时的练声，只是延缓了嗓子的衰老，因此要天天练声，保持歌唱状态。

文艺兵很少经历枪林弹雨血肉横飞，四方舞台就是他们的战场，他永远记得一位抗战老兵说过的话：我们不怕死，就怕被人遗忘。余争平在他没有硝烟的战场上，用高亢嘹亮的歌声告诉人们：不要忘记曾经为祖国奉献过生命和热血的老兵们！因为老兵不死，只是凋零！！！

（桂志华）

张长东
好风长吟水长东

张长东从军 40 多年，经历了武警从军队改编为武警部队，在部队院校担任主官十一年，亲历部队院校改革的实践，上海世博会时任武警前进指挥所总指挥，确保世博安保工作万无一失，2013 年退休前为武警上海市总队副政委。

张长东从军之初就赶上了恢复高考的好时光，恢复高考的 1977 年，他即向部队提出申请，没有得到批准。次年再次申请获批，当时，距离高考只有 20 多天了，张长东拼命挤出时间，没日没夜看书复习，胡子也不刮了，房门也不出了。最终他被上海师范大学中文系录取。毕业之后，张长东选择回到部队，他所在的上海警备师整建制改编为武警上海市总队，他主要担任文化教育培训工作。其后，张长东参与主导宣传了武警十中队的先进典型。

武警上海市总队原一支队十中队 1982 年伊始，奉命接替“南京路上好八连”的勤务，担负南京路的治安巡逻任务。面对新环境和新使命，中队官兵坚持学八连精神，循八连足迹，走八连道路，当八连传人，经受住了改革开放、市场经济、灯红酒绿等各种复杂情况的严峻考验，逐渐形成了“听党指挥意志坚、艰苦奋斗永不忘、身居闹市不染尘、甘当人民勤务兵”的队风队魂。张长东为这一典型精心策划，提炼精神，广泛宣传。1992 年时任中共中央总书记、军委主席江泽民视察中队并欣然题词“南京路上学八连，霓虹灯下新一代”。中队先后获得 11 项全国性的荣誉。

1989 年底，张长东调北京武警总部任职，参与了武警部队编制体制改革的调研论证工作。在国防大学攻读硕士学位时，他的毕业论文就是《武警部队领导指挥体制建设研究》。

自1995年起，张长东在武警上海指挥学校先后担任政委、校长。早在1984年，学校组建时，张长东即参与了筹建。他担任政委后，提出试办武警指挥专业大专班，1998年，又试办本科班，1999年，与复旦大学联办“复旦武警本科班”，全国招生，“入学即入伍”。后来，这种军队人才军地联合培养模式，在全国范围推广。上述率先在初级院校开办大专、本科教育的举措，是我国武警部队教育史上的创举。2000年，学校升为本科，升格为武警上海指挥学院，张长东担任院长。2003年始，张长东负责筹建武警政治学院前期工作。

2010年，张长东作为武警上海市总队副政委，担任上海世博会武警前进指挥所总指挥，在一线奋战了200多天。天刚亮，张长东就要到世博联合指挥平台轮换值班，他率领驻守园区的数千

入伍不久的张长东

张长东为武警院校的发展与改革作出了贡献

张长东的油画作品《突击》

武警官兵，做足预案，通过各种人防、技防、物防措施，与公安、安保等部门团结奋战，经受住了特大客流及各种突发事情的考验。世博园区有 800 多个安检口，每天有成千上万人入园，按照国际惯例，安检时，女性参观者只能由女性检查，武警在上海征集了 2000 名优秀大学生女兵，又从外省武警部队抽调了女同志作为骨干，充实了世博安检队伍。这批大学生女兵表现非常出色，也成为世博园区一道靓丽风景线。张长东的运筹帷幄有效指挥，确保了世博会安保工作有条不紊万无一失，他也因此荣立二等功。

后来，张长东作为十一届市政协委员，结合当年这段世博会一线指挥经历，递交提案，建议运用无线数字电视广播传输技术，构建预警信息系统，及时处置城市突发事件。张长东为城市安全管理继续贡献着智慧。

退休后，张长东积极参与革命老区扶贫攻坚，与老将军老干部联合爱心人士，为江西赣州长征出发地、甘肃会宁长征会师地和川、贵、云等地的老区，培训中小学校长和乡镇医院院长，并募捐筹款、办实事。

张长东也积极投身传承红色基因、弘扬红色文化的工作中。他历时半年，找资料、探遗迹、访故居，编写了十几万字《不忘党的初心，永远牢记使命——追寻中共中央早期上海红色足迹》讲座四课、《传承红色基因，弘扬长征精神一一中国工农红军长征历程和伟大精神》讲座两课，从2018年开始为武警部队、机关、医院、学校、企业等单位近2万人宣讲。张长东助力市双拥文化活动，筹备组织了10多个合唱团和上海双拥艺术团，在上海市庆祝解放70周年大型歌会上、市双拥举办的迎新中国成立70周年和庆八一主题晚会上亮相，精彩纷呈。

张长东还是中国美术家协会会员、上海美术家协会会员，他自幼习画，几十年来钟情于丹青，挥毫泼墨不止。张长东创作和联合创作的多幅作品，先后入选全国、全军、武警部队和上海市美术作品展览，多次获奖。张长东根据世博安保的亲身实践和见闻，创作了国画《间隙》，描绘武警执勤官兵每天在完成繁重艰苦的安检、巡逻、站岗任务空隙抓紧休息的场景，以独特的构图、感人的睡姿、清晰的画面、生动的造形、刚劲的笔墨塑造了勇于奉献的年轻士兵的形象，作品入选“纪念中国人民解放军建军85周年全国、全军美术作品展”，受到广泛好评。他构思创作并与王们书联合绘制的油画《突击》，以巧妙的构图和细腻的笔触，刻画武警反恐队员破窗而入、瞬间突击、神兵天降的威武风采和气势，在全国美展获奖并在“上海美术双年大展”上获一等奖。近年他的作品先后到法国、日本展出，受到国外观众好评。

勤于思索、善于创作、长于写实，一腔孜孜以求的精神，这是张长东在绘画艺术上的特点，更是张长东一生奉献军队事业的写照。

（桂志华）

张鼎铭
赤诚忠心永相伴

张鼎铭从入伍到退休，做到了坚守信念和理想，服从需要跟党走。

张鼎铭 1943 年出生在上海崇明，家境贫穷，从小学到高三都是靠国家助学金学习。高三毕业时学校给予他“品学兼优”的鉴定，校领导找他谈话，准备保送他去国防军政大学。自幼深深热爱党热爱人民军队的他，满怀喜悦地答应了。

张鼎铭到上海警备区报到后就来到周浦军营，经过一个月的训练，领导告知计划有变，要他们同期的 43 名学员下连队当兵。张鼎铭心想好几个和他同等成绩的同学都考了清华北大，自己怎么就变成去当兵了？母亲临别时“在部队好好听领导的话，好好干”的叮嘱又在耳边响起，那份对党和军队的朴素感情也提醒自己，这都让他坚定了当兵报国的决心，背起行李来到警备团一营机枪连报到。

8 个月的机枪兵，5 个月的通讯员，8 个月的文书，他深深爱上了连队，这时候，领导找他谈话，今后有三种选择：一是复员，二是考大学，三是到后勤机关或医院。在部队锻炼后，他的组织纪律性、军人使命感增强了，他铿锵有力地回答：“一切服从组织需要！”于是他来到八五医院放射科。

在医院的 9 年时间，张鼎铭自我要求非常严格。他天天晨跑从未间断。他刻苦学习，短短 3 个月熟练掌握 X 线摄片技术。他各项工作尽心尽力，入院第一年就被评为学雷锋积极分子，荣立三等功，入了党。连续两届担任支部委员和团支部书记。1964 年考上上海第二医学院夜大学医疗系。1970 年，被派到《解放日报》政文组采风，中西医结合报道工作的半年多里，他常工作到深夜回家。

1971 年，组织上调张鼎铭去驻扎在横沙岛的守备 1 师 5 团当军医，当时他母亲疑似肺癌正在观察室，他亲自为母亲做了支气管造影检查，排除了“癌”的可疑就出发了。这一去就是 14 年。

这 14 年对他人生是一次磨炼。首先在工作上，由专业到全科医师的转变。一开始他不会开药，更不会抢救，通过虚心向懂行的请教，他如饥似渴地学习中西医大学教科书，边学边实践，终于完全适应了基层军医的业务要求。其次遇到了卫生队长期不团结。他采取了不参与的态度，努力做好本职工作。后团工作组对卫生队进行整顿，1978 年他被任命为卫生队长，又担任支部书记。

在横沙岛当军医时，张鼎铭下连队巡诊

他一方面以身作则，连续三个春节坚守岗位。另一方面，真诚地关心下属干部战士切身利益。同时约法三章，不背后搞人，业务上互相学习，表现好的给予进修、提干，入党优先考虑。他用一年时间彻底改变了卫生队面貌：外科比武拿到了师第一名，“一专多能”训练上了军区《人民前线》报。为做好党支部工作，他努力阅读了《资本论》等马恩列斯全套著作、西方哲学名著，几乎天天学习到深夜。

而最难以做到的就是忠孝两全了。刚到部队时，母亲生病，妻子怀孕，妻子送他到码头的路上几次呕吐。两个小孩幼小，却限于经济条件，不得不辞去保姆。妻子又要上班又要带小孩，值班时只好把小孩关在家中。儿子经常发烧，也从来不把家中困难告诉他。医院安排妻子下部队医疗队半年，临时请了个保姆，克服了过来。他多次向组织提出过转业，但都服从了组织上需要，默默地坚忍地克服了这 14 年离多聚少带来的困难。组织上对张鼎铭的表现是看得到的。他三次被评为先进个人，一次被评为优秀共产党员，而最好的奖励就是给予他进修的机会。

1981-1982 年，张鼎铭在长征医院内科进修。一开始医院认为他是基层军医并不同意，他提出了“考试，不管面试笔试都可以”。结果，经过教授方方面面的医疗知识两个半小时口试，他终于通过了。他深知这次进修来之不易，全身心地扑到进修中。内科各种穿刺，在基层从没有做过，他反复学习护理操作常规，做到方法烂熟于心，每次都能一次成功。对于疑难病人，也同样查阅各种资料，坚持严谨的科学态度。例如，他成功地抢救了急性上消化道出血合并急性心肌梗死的病人，这在当时，全国只成功了 3 例。例如，一名住院一年多的新疆军区军医病人，会诊也找不到病因，他细看病历，发现 24 小时尿检结核杆菌这项没有做，经查是阳性，很快确诊为肾结石。还有急诊室，遇到慢支合并感染，他果断开了一大堆医嘱，护士有意见，他说“先执行后向你解释”。事后详细说明，护士心服口服。在病例书写上，他即精细完整。两年中，他的工作得到了内科从教授到医生到护士的一致好评，被长征医院嘉奖一次。

1985 年张鼎铭到上海武警总队后勤部帮助工作 40 多天，为了开好后勤工作现场会，需要 12 份先进事迹材料。通过他下部队调查采访完成了 11 份。最后的会议纪要也由他重新整理完成，并登上了武警后勤刊物。

当年 11 月，他被任命为上海武警总队卫生处处长。在这一岗位上，他开展了标准化目标管理，连续三年被评为“上海市爱国卫生运动先进工作者”，1990 年被武警总部评为“爱国卫生运动先进工作者”。

1993 年，50 岁的他面临着三条路：免职、转业、去医院当主任。经过反复考虑他选择了免职。他在地方医院开设了疑难病专科门诊，用中西医结合的方法，让很多病人的病情得到了稳定和康复。2000 年正式退休后，他参加了由上海市总工会组织的“为老医疗服务志愿者”队伍，许多事迹上过《新民晚报》，也参加了社区义务为民量血压等许多志愿服务。他还参加了市军休中心摄影班的学习，积极参加“老小孩网”的投稿活动，经常写博客文章与当时一些糊涂甚至错误的观点进行说理辩论。从 2015 年担任退休支部书记至今，坚决贯彻上级要求，坚持正确的政治思想来开展支部工作。在摄影的爱好上，非常执着。七年多来，远近跑了很多地方，拍了近 10 万张习作，做了几十份美篇，被聘为上海市摄影家协会老年协会会员。他说：“天地有大美而不言，靠你去发现和感悟。爱好摄影的人永远想着诗和远方。摄影可以丰富人的退休生活，提升人的精神境界。”

张鼎铭说，军旅一生，对得起党，对得起军队，对得起战友同事。此生无悔！他说：“这一生是幸运的。要坚守信念，保持本色，永远跟党走！”

第二辑

慷慨赴戎机，九死犹未悔

孙寿嘉
生死置于度外

“海阳铁西瓜，威名传天下。轰隆一声响，鬼子开了花……”这是抗日战争期间，描绘山东海阳县人民地雷战抗日的民谣，殊不知，这“威名传天下”的背后，也有小八路——当年儿童团的一员孙寿嘉的功劳。

唱好地雷炸鬼子的“戏”，得先摸清鬼子的行动路线和时间，这个光荣的任务，就交给了儿童团。那时孙寿嘉只有13岁，他们的任务是站岗放哨、查路条、送情报、传信息。鬼子经常派伪军化装成讨饭的、磨刀的或小货郎，混进村子。有了儿童团，敌人的诡计常常被识破。最初儿童团用放狼烟和消息树的方法传递敌情，后被鬼子发觉了，就改为狗叫、猫叫、鸟叫的方式。1943年麦收季节，鬼子来小滩村抢粮，儿童团在山顶上发现后就学狗叫，民兵闻讯把事先埋好的地雷挂上弦，等鬼子进了雷区，声声巨响，当场就炸死小鬼子七八个。后来鬼子和伪军300余人，改走小路和山路进村“扫荡”，同样被儿童团传递消息，地雷把四五十个鬼子和伪军送上了西天。

孙寿嘉从13岁到16岁一直是儿童团团员，就像歌里唱的那样：“海阳儿童团，人小本领大，情报快又准，鬼子肺气炸……”

1945年至1946年底孙寿嘉在龙山区政府当通信员，后集训于华东局海防护航大队。1947年6月，孙寿嘉参了军，1949年2月担任华东局海上护航大队机炮中队九小队队副。同年7月，山东军区奉命拔掉国民党退据的长山列岛这个“钉子”，孙寿嘉所在的机炮中队担任阻击敌人炮舰，掩护我军主攻部队 72 师登岛的任务。敌人的舰艇和武器配备远强于我们，机炮中队将孙寿嘉在内的共产党员集结成“敢死队”，孙寿嘉他们知道此战实力悬殊九死一生，纷纷写血书作好了牺牲的准备，决心哪怕最后只剩一个人也要完成任务。他们制定了拼死一战的方案，小船打军舰，靠上去打，船上装满炸药，实在不行就和敌舰同归于尽。

8 月 11 日傍晚，战斗打响了。攻岛部队千帆竞发，以排山倒海之势扑向长山列岛。孙寿嘉所在的“得安利”号和“杭州号”机炮船正面阻击敌“美虹号”炮舰和另一艘炮艇，猛烈的炮火击中了敌艇，敌舰仓皇逃窜。随后，敌“中权”号炮舰也带着炮艇来了，我军夹击敌舰，朝他们直冲过去，敌人看出了我们同归于尽的态势，加上敌指挥台被我击中起火，“中权号”来不及掉头，开着倒档就逃走了。

胜利的夜晚，孙寿嘉平生第一次吃到了大米饭，那生死置之度外奋勇退敌后的滋味别提有多香了。“得安利”号奉命给大小竹岛送给养，由于航道不熟船搁了浅，孙寿嘉他们就扛着粮食和枪炮弹药往山上搬。和敌人对峙了 20 天后，敌人趁着夜幕溜走了。孙寿嘉他们的共产党员“敢死队”荣立集体三等功，战役总指挥许世友表扬他们：鸡蛋碰石头，你们是好样的！

1950 年 7 月，孙寿嘉从华东军区海军学校机电专业毕业，被分配到华东海军第七舰队 72 舰工作，因无舰，领导决定把原国民党招商局一艘中字号级别的美国造的坦克登陆舰（排水量 4000 多吨），因设备老化，改为商用的船再改为军用。而舰用电缆是高度绝缘的装甲电缆，用量大，当时国内又不能生产。孙寿嘉就琢磨能不能把商船上不用的旧电缆拆下来为我所用，但也很担心，万一出了意外，或延误了改装时间，是要负责任的，弄不好就要成为历史的罪人。孙寿嘉想自己是共产党员，不能被私心缠绕，于是鼓起勇气向领导说明设想，得到认可。

时任机电区队长的孙寿嘉，带领机电区队同志们对捆在一起比碗口还粗的装甲线一一分类：哪些是照明系统电缆，哪些是动力系统电缆，哪些是指挥系统电缆，哪些是兵器系统电缆，都搞得一清二楚。大家像手术医生那样手轻心细地一点一点拆，绝不让电缆有一点点伤痕。开始大家用梯子上下去分离固定在船舱顶部的电缆，费时费力，孙寿嘉发动大家动脑筋想办法。办法有了，采用滑跃式，把钢绳架空固定，装上滑轮吊板，人坐在吊板上，拆一段滑动一段。为了安全起见，孙寿嘉第一个上去示范，确实效率提高很多。

时值盛夏，骄阳似火，舱内温度高达五六十度，大家挥汗如雨，每天工作十几个小时从不说苦道累。孙寿嘉明白：时间就是战斗力，一定要让这艘舰早一天纳入人民海军战斗序列，为保卫祖国的海疆服务。最终，经过拼搏，比原计划提前一个多月完成电缆拆除任务。船厂领导翘起大拇指，高度夸赞解放军的政治觉悟和吃苦耐劳精神，并号召全厂向孙寿嘉他们学习。兄弟班也仿效这个办法，拆除了另外两艘商船。用孙寿嘉他们拆掉的电缆改装后的这艘军舰，被命名为“天目山”号登陆舰，成为北海舰队主力辅助舰。孙寿嘉因此荣立二等功。

后来，孙寿嘉担任另一艘军舰机电长的时候又立了一次二等功。当时舰上 3 部发电机都带病工作，正碰上台风刚过，有任务急需出海。还好孙寿嘉之前未雨绸缪备了点配件，途中 3 部发电机连着坏了 2 部，孙寿嘉组织抢修，台风刚走，海浪还很大，船晃得厉害，等孙寿嘉他们抢修好，第 3 部发电机也坏了。

孙寿嘉六七十年代先后在北海舰队修造部、上海南洋机电厂军代表室任技术员、负责人、副总军代表、总军代表等职，直至 1984 年离休。

（阎长春）

王锡椵

机灵的少年不曾走远

1926 年，王锡椵出生于东北的盖平县。同年，日本裕仁天皇登基，其在位期间，指挥和策划日本相继发动侵华战争和太平洋战争，导致了数千万无辜民众的死亡。而日本对我东三省的觊觎，早在 1926 年之前就开始了。

少年时代生活在日本侵略者铁蹄下的王锡椵，很小就树立了当兵卫国的理想，1945 年他加入了东北民主联军四纵队。当时日本鬼子已经投降，国共内战爆发。初期，我军处于人数和装备上的绝对劣势。王锡椵记得部队不得不以游击战的形式和国民党部队周旋，三下江南四保临江，一天要跑 120 多里路。到 1946 年，消灭新六军 21 师，下半年形势有点好转，国民党全美装备的新六军，尽管有飞机大炮坦克，但主力被我军消灭了。

1947 年 3 月王锡椵所在的四纵队攻打鞍山，当时他是警卫营机枪连一排的 924 式重机枪射击手，机枪连一共就两挺机枪，一个排一挺。上级命令王锡椵的机枪连配合兄弟部队攻打外围。拂晓时分战斗打响，敌人炮火很猛，战斗很惨烈，王锡椵的部队伤亡很大。天亮后，连长命令射击手向前冲锋，班长刚起身准备说话，敌人一梭子弹打过来，其中一颗子弹从班长左边脸进右边脸出，牙齿被打掉好几颗。王锡椵一看气炸了，抓起一颗手榴弹猫着腰一鼓作气冲到了敌人阵地。他刚停下来，就听到了脚步声，王锡椵循声仔细观察，看到两个国民党兵，王锡椵举起手榴弹大喝一声：“站住！不站住就开枪了！”两个国民党兵心想这是在自己阵地，理所当然地以为对方是自己人，连忙说："不要开枪，不要开枪，是自己人，子弹打光了！"王锡嘏声音威猛："我是解放军，缴枪不杀！"两个国民党兵没想到在自己的阵地会遇到解放军，吓得战战兢兢地举起了双手。考虑到自己手里没有枪，只有一颗手榴弹，于是王锡嘏叫他们转过身去放下武器，然后他飞奔过去，缴获了一门六零炮，一把冲锋枪，雄赳赳气昂昂地押着两个俘虏回到了自己阵地。

随后部队接命令临时在鞍山休整，连长让王锡嘏把缴获的武器交到连部，王锡嘏很爽快地将六零炮交给了连长，但对这把冲锋枪实在舍不得马上上缴，于是"讨价还价"地对连长说："这冲锋枪让我玩两天吧，就两天，两天后一定上缴。"连长问："你是重机枪手，要冲锋枪干啥？"这时正好指导员走过来，看他那么喜欢，也是为了奖赏这个智勇双全的小鬼，就答应了。王锡嘏背上冲锋枪，别提有多高兴了。第二天他端着冲锋枪美滋滋地去照相馆"臭美"了一下，留下了一张特别有纪念意义的照片。

王锡嘏的机灵还派上了别的大用场。他有的时候看见班长会用手指头捅一下某个战士，战士就心领神会地跟着班长走了。王锡嘏好奇，觉得他们一定有神秘而重要的事情，他就问班长了，班长说，这是组织的活动，组织是保密的。这更激起了王锡嘏的热情，他问，那他能不能参加啊？班长说，可以啊。一个多月后班长让王锡嘏填张表，王锡嘏说他不识字啊，班长就你问我答地帮他填了，并说加入组织是先要接受考验的。王锡嘏 1947 年光荣地入了党，同年，他还获授艰苦奋斗奖一等奖。

1948 年 8 月，人民解放军东北野战军已控制了东北 97% 的土地和 86% 的人口。辽沈战役打响，为保障夺取锦州，王锡嘏的部队在塔山建立防御阵地，迎击援救锦州的国民党东进兵团，他们浴血奋战六昼夜，成功阻挡住敌军。塔山阻击战直接决定了锦州战役甚至于影响了辽沈战役的结局。当时东北野战军的条件还是

提干不久的王锡嘏

艰苦，王锡嘏记得进关的时候连棉衣都没有。1948 年底，王锡嘏被任命为副班长，一年多后又担任班长。

随后，王锡嘏跟随部队，参加了平津战役，又一路南下，河北河南，湖北湖南，一直打到广西，打白崇禧的部队。广西是白崇禧的老家，熟门熟路，白崇禧走小路，往缅甸方向逃去，王锡嘏的部队没追上。第四纵队又奉命开赴广东执行剿匪作战任务，并先后解放了南澳岛、南鹏岛。

1949 年后，第四纵队改番号为 41 军，王锡嘏在广东学习文化一年多的时间。随后王锡嘏调到工程兵 113 团工兵营，“深挖洞，广积粮”，参与大规模的国防建设。113 团当时驻扎在上海，王锡嘏参加了包括金山地下工事等所有工事的修筑，后任工兵营副教导员。

1982 年王锡嘏离休，当年那个机灵的小鬼如今已是 94 岁高龄的老人，眼神依然灵活，那些战火纷飞的年代已定格为历史，那个大喝“缴枪不杀”的少年却仿佛从未走远。

（桂志华）

本书编辑时，王锡嘏同志不幸去世，谨向他光荣的一生致敬！

姜华栋
上海解放冲锋在前

采访姜华栋的那天，正好是5月27日，上海解放70周年纪念日。谈起70年前的那些战斗，88岁的姜华栋神采飞扬。

姜华栋出身于山东的革命家庭，叔叔抗日战争的时候牺牲，堂表兄弟中，也有多人在革命工作中牺牲。1947年姜华栋参军，在胶东军区第13纵队警卫营（后改编为中国人民解放军第31军），参加了渡江战役和解放上海的战役。当时31军奉命进军浦东，部队长途奔袭，一边行军一边动员，由奉贤向浦东进发。军部分析了形势，决定采用突袭的战术，冒雨直取浦东重镇周浦。果然敌人被打得措手不及，周浦被攻克后，部队又攻下金桥，向高桥挺进。国民党为了保证海上退路的通畅，集重兵于高桥地区，钢筋水泥碉堡、铁丝网、路障等防御设施密布，空中有飞机，江面上还有舰炮。我军陆续占领高桥外围的一些阵地，汤恩伯孤注一掷，从市区调军增援高桥，飞机大炮坦克疯狂反扑。姜华栋所在的特务营包抄到敌军背后，每个班装备一挺美式冲锋枪，火力很猛，一下子把敌人打懵了，紧接着展开肉搏战，连冲四次，打退敌人。5月25日晚间，由31军担任主攻的高桥攻坚战打响了。姜华栋的特务营那下了镇中心的桥头堡，又迅速向纵深发展。26日上午，敌人伤亡惨重，残部向三岔港方向逃跑。姜华栋他们负责肃残敌人，他们冲到江边的煤油公司，会同兄弟部队，略一交火，几千个原本想等舰船来接他们逃跑的敌人乖乖投了降。接着在江心洲东岸又收拾了1200多敌人。高桥被我军攻占后，上海市区的国民

解放上海时姜华栋18岁，如今已88岁高龄

党守军成了瓮中之鳖，27日，上海全境解放！31军开到湖州休整，姜华栋也在解放上海之后，在湖州光荣地加入了中国共产党，他犹记得当时同志们对他的评价是“勇敢灵活”。

姜华栋表现出色，很快就被提了连的副指导员，后来又调到工程兵部队，遇水搭桥逢山开道，扎进广袤而艰苦的大别山，为军队和地方建设奉献青春。作为工程兵先进代表，姜华栋还受到过党和国家领导人的亲切接见。姜华栋在60年代初参加全国工程兵表彰大会的时候，还面对面地跟雷锋同志交谈过。在姜华栋的印象中，雷锋是个谦虚的同志。

后来姜华栋担任舟桥83团的政委。80年代，姜华栋调到上海，刚来的时候，条件艰苦，一家人住在简易工棚里，爱人上班从五角场到漕河泾，骑车要骑两个小时。离休后，姜华栋担任干休所第二党支部的书记，并负责所里的“三产”业务，每年上缴100多万利润，1996年他被民政部和解放军总政治部评为全国先进军队离休干部，到北京开表彰会。

时光慢慢流淌，当年 18 岁的毛头小伙子和战友们，一起解放了这东方的明珠，到如今 88 岁，东方之珠也更加夺目瑰丽，姜华栋见证和参与了历史的进程和时代的变迁。

（桂志华）

刘玉泉
生命不息，电波不断

刘玉泉 14 岁参加革命，作为一名通信兵亲历了解放战争中的数个重要战役。1949 年 4 月，解放南京的消息就从刘玉泉所在的电台发出，传遍全国。

抗日战争胜利以后，共产党解放了山东的广大地区。刘玉泉的家乡淄川县也成了解放区。当时刘玉泉 14 岁，他先是在山东中部解放区的鲁中公学学习，1946 年 4 月被调入新四军通讯学校学习，1947 年毕业，先后在华东局和鲁中军区做报务员。

1947 年 4 月，国民党重点进攻山东解放区。敌人数量众多，装备也比解放军好，于是华东野战军的主力撤出山东解放区，转移到鲁西南、河南等地。刘玉泉则跟随部队留在鲁中军区，在当地的农村与敌军周旋，打游击战。不久，敌军主力被解放军主力吸引至别处，刘玉泉又跟随部队重新解放了被敌人占领的所有县城。到 1948 年，刘玉泉先后参加了胶济铁路西段战役，这是 1948 年山东解放区大反攻的第一仗，以及潍坊战役、兖州战役、济南战役和淮海战役，和战友们一起解放了山东全境和江苏北部大部分地区。

无线电台就像部队的神经网络，几乎是解放战争中各大解放区和师以上军事单位的唯一通讯手段。部队到一个地方，都要在第一时间恢复与上级及友邻部队的联络，战士休息的时候，报务员需要马不停蹄地架起电台工作。当时因为电台数量很少，需要传达的信息量又特别大，所以师以上的电台都要 24 小时不间断地

当年的刘玉泉（前排右一）

工作。而敌军为了掌握解放军部队的动向，不停地寻找电台位置，一旦发现目标就会派出飞机进行轰炸。电台发报必须要架天线，在农村中目标十分明显，就是用树枝伪装，也很容易被敌人飞机侦察到，报务员经常会遭到敌军飞机的轰炸和低空扫射。部队对报务员有一个硬性规定，不论发生什么情况，只要报务员还活着，就必须坚守电台，继续发报，就算遇到轰炸也绝不能擅自离开岗位去隐蔽。生命不息，电波不断，这是每个报务员的崇高使命。在解放战争中，刘玉泉遭遇过数次特别凶险的情况，命悬一线：第一次发生在国民党重点进攻时，刘玉泉曾遇到敌军 P51 歼击机的低空扫射，幸免于难；第二次是在打泰安时，有一枚敌机的炸弹正落在电台旁边，所幸炸弹没有爆炸；第三次是打淮海战役时，敌军的 B24 重型轰炸机轰炸了刘玉泉所在的电台，没有直接命中，他又一次脱险。

除了高强度的工作和敌机的威胁之外，部队的生活条件也十分艰苦。当时部队的军贴是每月3元北海银行币，只够买一小包生米。军装只配发了一套夏装和一套棉衣，没有换洗的衣服，鞋子则是由老百姓做的。卫生条件也非常差，到了冬天有时几个月都洗不上一次澡。不过山东解放军有一项人性化的规定，战士们一个月一定要吃一次饺子。到吃饺子的那天，一个人发一斤半面粉，半斤猪肉和白菜。这是战士们每个月最幸福的时刻。

淮海战役结束后，解放军已经由弱到强、由被动到主动，准备进行渡江战役，解放南京。这时刘玉泉在解放军第三十五军工作，随部队解放了南京北岸的浦口和浦江县城。刚进县城没多久，刘玉泉所在的通信中枢又遭受到国民党舰队的炮轰。所幸敌第六舰队很快就起义，之后国民党再无力组织反击。4月21日刘玉泉随司令部渡江进驻南京。进城的时候国民党的部队已经逃走，几乎没有什么战斗，南京和平解放。刘玉泉进南京城时，看到大学生和老百姓夹道欢迎，感慨万千。

在南京驻扎了一个月以后，刘玉泉又随部队进军浙江，清剿国民党的残兵败将，直止1950年上半年将残敌全部消灭。

1952年，刘玉泉从衢州调到杭州，先后在浙江军区和浙江省委工作，后来又调到南京军区，始终坚守在通信岗位上，直到1984年退休。刘玉泉的生命已经和电台紧密结合在了一起。“生命不息，电波不断”，成为他革命生涯最贴切的注解。

（陈文备）

延广华
窑洞里走出的白衣战士

“小延，留下吧！”七十多年前的一个窑洞里，解放军战士对延广华说的一句话，彻底改变了他的命运。

延广华 1931 年出生在陕北的绥德县。1935 年 10 月，中央红军主力长征到达陕北后，将当地建设成为全国革命的中心根据地。1946 年 6 月，国共内战打响，国民党部队全面进攻解放区。延广华所在的绥德县也遭到了敌人飞机的轰炸。当时，延广华在绥德师范中学上学。内战开始后，为了躲避敌人的轰炸，学校没有办法再正常上课，而是转移到了窑洞里。窑洞里面除了老师和学生，还有许多在前线打仗负伤下来的解放军战士。学生们就在窑洞里照顾这些战士，延广华也是其中的一个。他当时才 15 岁，在窑洞里忙里忙外，手脚麻利，又很细心，战士们都喜欢他，就对他说：“小延，留下吧！反正现在也上不了学了，干脆当兵算了！”延广华和战士们也有了感情，于是请假回家和家人说了自己想要当兵的决定。得到家人的同意后，他便正式加入了解放军。

当时延广华所在的是西北军第六后方医院，说是医院，但其实大部分都是像延广华这样沿途加入进来的地方上的中学生。由于学过一些基础文化知识，便从护理做起，照顾受伤生病的解放军战士。延广华就这样跟着部队南征北战。他们先是去了延安，后来国民党军队重点进攻陕北解放区，解放军战略退出延安，延广华随部队来到陇东防区所属的豹子川，在山沟里打游击。延广华担任第六后方医院一分院护士班长，但说是分院，当时一共就只有七八头毛驴驮着医疗器具。延广华一直没有系统学过护理，只是做一些测体温、煮饭、喂饭等最初级的工作。

国民党的军队想要沿着咸榆公路进攻，吃了几次败仗之后，见识到解放军的厉害，于是转而进入山沟，也打起了游击战。豹子川的部队处境变得越来越艰难，但是没有上级的命令，部队绝不能离开豹子川半步。于是延广华和一分院的战友们在山沟里坚持了三四个月，不停地带着伤员东奔西跑。当地土壤贫瘠，地广人稀，翻过一个山坡只能见到一两户人家。他常常需要背着伤员翻山越岭，寻找可以接收伤员的老乡，将伤员寄放在老乡家护理，向老乡打借条，借粮食。好在老乡们知道这是人民解放军的部队，都愿意借粮食给他，还帮忙烧水做饭，照顾伤员。

在这段时间里，毛泽东、周恩来和中共中央机关在榆林、米脂、佳县之间与敌人周旋，1947年8月13日晚上来到了延广华的家乡延家岔，在他家住了一夜，第二天早上还在他家院子里开了一次会。其间遭遇了两架敌机空袭，轰炸完之后，毛泽东又审阅、整理了一会儿文件，才与周恩来等一起离开延家岔。这些事情当时身处豹子川的延广华全然不知，事后才听家里的母亲说起。

在豹子川打了三四个月游击后，延广华终于接到了上级的命令，让他们将所有的伤员都送到兵站，然后一分院的医护人员全都赶去青阳岔，保护毛主席。于是延广华立即出发，经过三天三夜的跋涉，赶到了青阳岔。之后，延广华跟随西北军区第六后方医院进入绥德，继而渡过黄河，转战山西的离石、吉县、河津等地。这一片区域的解放区较多，虽然条件仍然很艰苦，但相较之前豹子川时已经改善了许多。在这段时间，延广华向医院的其他医生学习了化验等方面的初级知识。

到了1949年，解放战争进入最后阶段，延广华跟随队伍再次渡过黄河回到陕西，又先后转战宝鸡和西安，最后留在西安高干疗养所系统学习化验。第二年，朝鲜战争爆发，延广华突然接到命令，随后便赶往黑龙江，在那里接收、治疗抗美援朝中负伤的战士。

1957 年，延广华调到政治学院卫生处，之后又到上海第二军医大学学习，毕业后回到政治学院当军医。1965 年，内蒙古军区扩编，延广华和爱人一起调到内蒙古，进入内蒙建设兵团二九一医院工作，一直到 1984 年离休，1987 年调回上海。

延广华在解放战争中解放军最困难的时期，义无反顾地参加到革命队伍中，跟随解放军南征北战，参与了解放战争和抗美援朝中的多个战役，当年窑洞里的中学生终于在战火中成长为一名优秀的白衣战士。

（陈文备）

延广华（中）1948 年 6 月赠与战友的照片，背后延广华题了“情同流水”四字

谭敬信
南征北战的青春

出生在山东胶州的谭敬信，1948 年 8 月参加中国人民解放军的时候 19 岁，跟随大部队，一路从青岛 - 济南 - 上海 - 南京，将旌旗插遍中国的华东，那真是一个热血澎湃的青春，一个胜利紧接着一个胜利，最终，新中国宣告诞生。

不久，抗美援朝战争打响了。名垂 20 世纪战争史的上甘岭战役结束后，敌人不甘心正面战场的失败，秘密策划从我军侧翼登陆。1952 年 12 月，志愿军根据毛主席和中央军委指示，全面部署了反登陆作战准备的任务。为了解决反登陆准备物资运力紧缺问题，志愿军领导向中央军委请示，又紧急组建了 4 个汽车团入朝，执行运输保障任务。当时已在汽车团的谭敬信被编入汽车 16 团 046 支队，启程赴前线。

那是 1953 年 2 月，火车先在济南停了半天，补充给养，然后一声长笛破空，激得谭敬信只觉得浑身的血液在奔流，说不出是激动还是紧张。火车“咣当咣当”地开进了东北的冰天雪地里，直奔中朝边境的安东（即现在的丹东）。谭敬信的团住在一个幼儿园里。半夜，他们又上了火车，不一会儿，就到朝鲜了，火车停了，部队下车，美国人的飞机乌拉拉来扔炸弹，谭敬信掉到一个大弹坑里，幸好没受伤。白天休息，夜晚行军，崇山峻岭地走，终于一天天快亮的时候，他们到了驻地，那是半山上的山洞。谭敬信四下望了望，后面的一个村，都被炸平了，只剩一头牛孤独地立在废墟中。

没几天部队又开拔了，又上了火车，走走停停，天不亮下了车，改步行，走得谭敬信快要坚持不住的时候，到了，枪炮声已是非常密集。后来驻地又搬了好几次，每次都得修防空洞容身。

这时，经过志愿军近三年的浴血奋战，朝鲜战争已近尾声。7月13日21时，志愿军发起金城战役，在千余门火炮支援下，向对方防御阵地展开猛烈突击，一小时内即全部突破其前沿阵地。历时15天的金城战役，志愿军基本全歼南朝鲜首都师，给予其他3个师以毁灭性的打击歼敌五万余人。金城战役被称为终结朝鲜战争的一战。谭敬信的汽车团也参与了这次战役。

1953年7月27日晚10点，中国、美国、朝鲜在板门店签署《朝鲜半岛军事停战协定》。这场持续三年之久的焦灼战争结束。谭敬信和汽车团仍然留在了朝鲜，帮助朝鲜人民修路筑桥，重建战后家园。

谭敬信的汽车团回国已是1954年底，然后改编为解放军汽车31团，谭敬信也担任了军务参谋。当时因为要解放台湾，汽车团开到福建闽侯，修军事机场。1956年部队又开拔去西藏，先到兰州，再到敦煌。那时的西藏天上无飞鸟，地上不长草，一天有四季，十里不同天，谭敬信和战友们战风沙、斗严寒、抗缺氧，与异常恶劣的自然环境作斗争，将物资源源不断地运往拉萨。

谭敬信的爱情之花也在荒漠中盛开。彼时敦煌就没什么女性，两个自上海来的姑娘，人好，会跳舞，特别出挑。谭敬信成功捕获其中一位的芳心，给大漠孤烟的生活添上了无尽浪漫，两人恩爱至今。

1959年底西藏平乱结束，谭敬信调到北京总后勤部第二物资部，对口刚成立的人民解放军国防科委，组织其后勤保障工作。1980年调到上海国防科委的办事处直至退休。

谭敬信的大半生都在车上，乘火车南征北战，开汽车翻山越岭，或漆黑的夜，或荒凉的道，一路上并无风景可言，真正的风景，

谭敬信近照，和爱人及亲友在一起

是相伴一生的庄严军礼，和心中扎根的忠诚和担当。

九十高龄的谭敬信自称杂家，什么都想弄一弄。打篮球，一直打到60多岁；老同志歌咏队，唱了十几年；写毛笔字，一直没拉下过。“我上过私塾，思想活跃。”谭敬信微微一笑的时候，嘴角挂着骄傲。

（桂志华）

周仪凤
激流中的乐观

1949年5月27日，在上海街头各处的敲锣打鼓欢迎解放军的队伍中，有一个身材娇小双瞳剪水的高中女生，她就是周仪凤。那天一大早，周仪凤就在家边上的复兴中路，看见大队的解放军战士睡在马路上，她赶紧跑回家告诉爸爸，爸爸去买了一篮馒头放在战士旁边。之前，特别是日本人占领的那几年，周仪凤一家一直过着贫苦黯淡甚至是屈辱的生活，这一天，他们由衷地相信，新生活就要开始了。

随后，周仪凤考入南京航空大学攻读航空工程专业，原想为祖国的航空事业贡献才华。读了一年，朝鲜战争爆发，周仪凤满怀革命热情，响应“抗美援朝、保家卫国”的号召，毅然抛弃专业，她向学校表达了参战的迫切心情，她说自己是团委干部，一定要去前线。周仪凤根本没有考虑过那是战场，是有生命危险的，在她看来，烽火烛天的特殊年代，人生最崇高的理想，便是敢用热血来捍卫自己的祖国。周仪凤加入了军干校——华东军区外国语学校，经过半年多严格的军事、外语训练和考核，她和另外九名学员被选调去朝鲜前线。这是周仪凤第一次接受军令，一种光荣和神圣的使命感如电流一样充斥全身。周仪凤那时剪了男孩子式的短发，人称“假小子”，她是女子篮球队的出色中锋，要上战场了，她并没有沉重感，抖擞精神，又嘻嘻哈哈，犹如出国去参加一场球赛。

到达安东（即今丹东）的当晚，周仪凤他们就乘蓬蓬船潜伏过鸭绿江，挤在狭小的船舱里，简直就像沙丁鱼，顾不得跳蚤咬就入睡了。在朝鲜的第一夜就遭美军飞机狂轰滥炸，五位女生手拉着手，勇敢地在炸弹爆炸声中奔跑着跳进掩体。周仪凤被分配在志愿军政治部战俘管理处的二大队，专门收容美英军官俘虏。战俘营四周群山环抱，冬天气温低到零下 40 多摄氏度，且经常有敌机轰炸扫射。

志愿军对战俘实行人道主义管理。那些又高又大的美英官兵初进战俘营都是抖抖索索惊惧害怕，但他们并没有受到呵斥，也没有看到龇牙咧嘴的狼犬，更没有层层叠叠的铁丝网和拷问虐待。冬天志愿军都穿不上棉衣，却想办法保证战俘穿得暖和，棉衣、棉帽、棉鞋、棉手套，又新又厚。战俘的伙房与志愿军的伙房离得不远，志愿军在那边吃玉米、高粱窝窝头和炒面，战俘们在这边却吃大米、白面、肉。每次美军战机来空袭，各级俘管人员都把“不顾自身安危，千方百计保护学员（志愿军对战俘的称呼）的人身安全”作为自己的神圣职责。

在管理处革命前辈的指导呵护下，周仪凤成长得很快，她明白这工作的意义，就在于减少我们的敌人，增加我们的朋友，就在于表明中国人民是热爱和平的，战争的目的就是和平。战俘营的工作是紧张的，但每天清晨起床号一响，周仪凤总是篮排球训练的主力，战俘营女子篮球比赛，二大队总名列前茅。

1952 年 11 月，管理处从 13000 余人中选拔出来自 14 个国家的 500 名战俘，举办了一次史无前例的“战俘营奥林匹克运动会”。从主持大会、组织竞赛、运动裁判到大会新闻采编、摄影和其他服务工作，志愿军一律放手由战俘具体操办，中间每天出版《奥运纪实》，战俘们每天都能阅读到来自赛场的消息。这深深震撼了战俘们。那个星期日，周仪凤和另一位女同事请假去观看战俘营奥运会。她们步行 60 里地，一路上翻越两个山头，说说笑笑。空中是战机的呼啸声，底下是两个青春少女银铃般的笑声。战争，在那时候的周仪凤看来，终归会结束的，而青春，仿佛脚底下绵延的山路，高低起伏，永远也望不到尽头。这种浪漫主义的乐观此生一直伴随着周仪凤。

停战后，有 21 名战俘受志愿军宽待俘虏政策的感召，不愿意回国，要求到中国定居。其中两个在山东大学教书，后来娶了中国工人当老婆，周仪凤去看过他们，曾经的敌人成为朋友。回国后，周仪凤回家探亲，“最可爱的人”受到左邻右里的礼遇，里弄里还邀请她作报告，看到人民群众那么热爱志愿军，周仪凤很感动。

之后周仪凤被外派到中国驻印度大使馆武官处工作了 5 年。1955 年，巴金随我国文化代表团访印，曾到访过武官处。周仪凤清晰地记得，巴金坐在花园的藤制沙发椅上，与武官处的年轻人亲切交谈，大家问他写《家》《春》《秋》的时代背景和别的一些问题，他很乐意地作了言简意深的回答。那次见面交流，激发了周仪凤对文学的追求和对巴金著作的喜爱，这对她后来文学素养的提高帮助很大。

从印度回来，周仪凤先后在总参二部和外事局工作。1985 年退休后，又在当时新成立的上海虹桥开发区当了 5 年翻译。

周仪凤的生活在中年遭遇噬心的烈焰——丈夫不幸辞世，她用瘦弱的肩膀独自扛起整个家庭的重担，把两个子女培育成才。退休后，周仪凤又不幸罹患胃癌，面对病痛和死神，她顽强抗争十几年，最后以自己的乐观豁达开朗战胜了死神，创造了奇迹。生活的种种酸甜苦辣，周仪凤写了本书，名叫《享受快乐 善待人生》，娓娓道来。她仍会记起朝鲜的冬天，那茫茫大雪冰封了大地上一切温暖的东西，但总会有春天的风和阳光融化它。命运也许不会知道，一个在激流和革命中跳动过的心脏，该有多么坚强。

（桂志华）

庄润柏

深受朝鲜人民爱戴的战地医生

“库玛思密达”是朝鲜语里“谢谢”的意思，庄润柏至今还记得这句话，因为这是当年朝鲜人民最常对他说的一句话。

1956 年 3 月，刚从第四军医大学毕业的庄润柏，荣幸地被分配到中国人民志愿军部队十六军三十二师工作。他由西安经北京转车抵达丹东志愿军办事处报到，然后在丹东火车站坐上志愿军专车，跨过了鸭绿江大桥。

当时的朝鲜正处在战后重建初期。首次出国的兴奋劲儿过去之后，庄润柏看到火车正奔驰在一片废墟上。当时，刚经历战火的朝鲜全国没有一个像样的火车站，除了平壤火车站正在轰轰烈烈的建设中，一路上火车停靠的所谓站台，其实只是田野和荒无人烟的空旷地。遍地都是炸弹坑、炮弹坑，以及被击坏的坦克，大炮、装甲车、军车的残骸。而他印象最深刻的是一路上看不到男性青壮年，在农田里忙碌的都是老人、小孩和妇女。可见战争对这个国家造成的灾难深重！

经过八九个小时的行驶，列车到达了十六军军部。由于是前沿阵地，为了适应斗争的需要，分配工作前庄润柏接受了严格的军事训练，包括每天 8 小时的高强度操练和各种步兵武器的演练。集训结束前的战斗演习中，天空突然变脸，乌云压顶，一片漆黑，伸手不见五指，一场可怕的暴风雨夹着闪电、雷鸣和冰雹倾盆而下。庄润柏当时人在山坡上，手握轻机枪，整个身子浸泡在滚滚而下的山洪中，根本看不清靶心，连睁眼都很困难，心想指挥员一定会叫停，可没想到指挥员依然一动不动地屹立在指挥现场，洪亮的口令声“目标正前方，开火”响彻整个山洼。最后，庄润柏和战友们在恶劣的气候环境中战胜了困难，完成了演习，他本人还被评为“优秀射手”。

集训结束后，他到三十二师卫生营担任军医。卫生营设在前沿阵地，离上甘岭很近，经常听到从远处传来的隆隆炮击声和爆炸声，老同志告诉他，这是敌军的军事演习，并指给他看前方的山头是敌军的防区。当时有一个参谋遭遇了三个敌人的袭击，他与敌人搏斗，最后咬下了一个敌人的耳朵，光荣牺牲。所以那时所有卫生营的干部都枪不离身，连睡觉时也要把枪放在枕头下防身。到营里报到的那天，庄润柏半夜里起来去离营房约 100 米远的厕所小便。那夜没有月光，一片漆黑中只听到身后严厉的喝声“口令”。因为这是他第一天到营里，营里还没有告诉他口令的内容，所以他没有立即应答，这时只听到身后枪栓上堂的“咔嚓”声，他立刻意识到哨兵要开枪了，于是机灵地大声喊道：“不要开枪，我是新来的医生。”幸好哨兵知道这件事，问：“您是新来的庄医生吗？”这才化险为夷。

朝鲜的生活条件十分艰苦，冬天气温达到零下 30 摄氏度，没有暖气，没有自来水，更没有浴室洗澡。战士们住的是老百姓的土坯房，四面通风，阴暗潮湿。部队发的棉被和棉毯不够暖和，冬天睡觉都得穿着棉袄。

庄润柏在朝鲜工作了一年半，后半段被调往位于新义州的五一三医院，既为志愿军看病，也为当地的朝鲜百姓服务，深受人民的拥护和爱戴。每次看完病，朝鲜人都会一边用朝鲜语说“谢谢”一边对医护人员九十度鞠躬，他们的真诚和淳朴给庄润柏留下了深刻的印象。

从朝鲜回国后，庄润柏和中学时期的同学李月英结了婚。新婚不久，他就告别了妻子和家人，去辽宁兴城的二〇四医院报到，

身穿中国人民志愿军军装在朝鲜的庄润柏

后来又转至浙江嘉兴，一直到 1988 年退休回到上海，两人才结束了长达 30 年的分居生活。在这段日子里，家中上有三位老人（庄润柏的老母、岳父和岳母），下有三个子女。他的妻子李月英独自一人克服生活中的各种困难，一边在自己的岗位上坚持工作，一边将三个孩子培养成人。这三十年里，虽然庄润柏服从组织安排，勤劳工作，尽心尽责，但每每想到远在上海的爱人和孩子们，就会为自己没办法尽到一个丈夫和父亲的责任而感到深深的愧疚。

庄润柏从部队退休时，地方民政局的一位干部看了他的工作经历后对他说："你作为一个军人很不容易啊！"庄润柏回答道："最最不容易的是军人的家属。是她们为我们承担了家中的一切痛苦和辛劳，是她们支撑着我们完成为部队官兵、为人民服务的历史使命。"

（陈文备）

何永刚
永远的“贝九”

“所有财产，二分之一给祖父、祖母，二分之一给父母；抚恤金全部上交国家，若追认我为中共党员则作党费；每年祭日，在我像前播放一段贝多芬的《第九交响曲》……”这是何永刚1985年在老山前线临上阵地前写的遗书中的几条，全文刊登在当年上海的《青年报》上，同时刊登的还有另外5位前线战士的遗书。“壮士一去兮不复还”，年轻军人用慷慨激昂谱写了那个年代的主旋律。

何永刚1980年考入上海第二军医大学，1985年毕业前，双眼在炮火中失明的“老山战斗英雄”史光柱来校作报告，一句“我只是尽了一个革命战士应尽的责任”听得何永刚心旌激荡，毅然决然报名参战。何永刚是两代独子，他的祖父母均已进入耄耋之年，父亲也年逾半百。何永刚奔赴前线的前一天晚上，还在医院守护着患病住院的祖母。倘若他在南疆长眠，将会给两代老人带来多大的悲伤，也许正因为考虑到老人的承受能力，他在遗书中抑制了自己的感情。

1985年8月，何永刚和20个同学到了前线，他分在67军199师595团，担任营的卫生所所长。营部所在262高地，距离越军就几十米，所以出阵地带枪是没有用的，就两个手榴弹，一个1.18秒爆炸炸敌人的，一个0.8秒的自杀雷，再一个止血带当腰带绑肚子上。阵地上没有水喝，有时候不得不喝自己的尿。去背水的话，得先爬一个60米的坡，然后过一片完全暴露在越军火力下的开阔地，俗称“百米生死线”。一次，何永刚和一个小战士趁着天蒙蒙亮去背水，何永刚挺兴奋，在河里还能洗个澡，50斤的水背上来的时候，教导员看到了：“你去干嘛的？”“背水。”“谁让你去的？”“我自己。”教导员怒了：“你瞎扯淡，你怎么可以去背水呢！”何永刚也火了：“我怎么不可以去背水！”教导员一句话把何永刚给说堵了：“你们是大学生，要死要伤了，我怎么向你父母交代？”教导员给全营下命令：何医生不准下去。

67 军的仗打得很苦，之前丢了两个哨位，围绕 211 高地的争夺战况惨烈。何永刚到阵地的第二天，1 连有一个伤员送下来，颅脑外伤，人已经不行了。何永刚同教导员讲：“这是因为没戴钢盔，我要跟 3 个连长打电话。”教导员：“你打，我在边上，谁不服从我剋他。”何永刚在电话里严肃地说：“我现在命令，以后所有颅脑外伤的必须把钢盔带来，如果钢盔上有洞的，那不是你们的事，如果钢盔是完好的，就是你们的事。”后来营里再没有发生颅脑外伤的。老山战场上地雷密布，有战士踩了地雷，脚趾头炸掉，但止血带扎得过于上面，时间一长，止血带以下腿部的供血没有了，手术就要锯得多了。何永刚跟战士们仔细叮嘱，以避免不必要的伤亡。

11 月底，何永刚得了甲肝黄疸，从前线撤下来，年底，他告别老山前线。回沪后，许多大专院校、中学、机关都请他去作报告，差不多讲了一百来场。好多人问他：你们害怕吗？这真是一个既好回答又很难回答的问题。鲜活的生命瞬间被炮弹夺走，身临其境任谁没有胆颤也会心惊，可是，害怕又有什么意义呢？害怕是战争的阑尾，两军相逢勇者胜，一个哨位 3 个兵，一个人害怕，另两个人也要死。只有大家都不害怕，抱团才活得下来。何永刚仔细想了想回答道：当时不害怕，回来想想害怕。

当年的团还在，驻地是山东青州，何永刚回去好几次了，看看老部队。他和很多战友还保持联系和走动，一起出生入死过，互相感情非常深。有的战友生活有困难或去世了，何永刚就捐点钱，有的战友生病了，何永刚就在上海帮他们找医生。2018 年，何永刚和 27 个老兵，去山东潍坊，悼念当年牺牲的一排长于汉军，于排长和何永刚同龄，看阵地的时候一炮没了。28 个五十多岁的老兵看到“他”，都磕头。

残酷的战争对参战人员的摧残是难以估量的，每个人心理都有创伤，只是程度不同，而这方面的心理援助一直比较少。一次何永刚去安庆看望一战友，战友招来二三十个老兵大桌子吃饭，他说，只是让大家喝点酒开心一下，重新找回自己的尊严，为国家流过血流过汗还是有价值的人。也有老战友有怨气，何永刚说，你活着吗，还有这么多朋友在一起，还有什么好冤枉的。一壶浊酒喜相逢，古今多少事，都付笑谈中。

何永刚老山归来后，一直在解放军第八五医院当外科医生，后来任门诊部主任。2008 年汶川地震，何永刚和医疗队奔赴震区，在什邡工作了 70 多天。艰苦的生活环境、高强度的工作量，挑战着他的身体极限。汶川回来，何永刚谢绝了组织上的评功，他觉得于心不安，真正的英雄已经倒下去了，和死去的兄弟比，他这点算什么。“20 年后我们会为我们这段共同的经历而感到自豪，我们的后队会为我们的友谊感到羡慕。”这是当年何永刚在战场上写给战友的字条，战友一直留着，后来发给他，他看到后泪流满面，很自豪，自己作为军人，摸过枪杆子，是合格的。

何永刚在当年的遗言中提到的《第九交响曲》成为他一生的挚爱。“贝九”也是公认的贝多芬交响乐的巅峰之作，传达了“通过苦难得到欢乐，通过斗争得到胜利”的信念。厚重深邃的旋律，有如一条长河，有涓涓细流时的平静，有奔流入海时的激荡，在与命运的抗争中有辉煌也有落魄，就像是英雄的史诗。

（桂志华）

第三辑

科技强军，风云激壮志

穆鸿飞
331 卫星工程的参与者

几十年来，我国导弹、航天事业主要依靠自己的智慧和力量取得了举世瞩目的快速发展。为了密切配合我国的导弹实验和卫星发射，测控和贯通测控系统的通信技术有了显著的发展，特别在测控系统的总体设计、测控网和测控中心的建设、测控软件设计及测量数据的实时和事后处理与分析，以及跟踪测量和指令控制设备技术等方面，都跨入了世界先进行列。而这些方面，有着穆鸿飞功不可没的战绩。

穆鸿飞 1963 年毕业于复旦大学数学系计算数学专业，被分配到中国科学院华北电子研究所工作，1966 年调到中国科学院 701 工程处，从事地面测控系统的研究。1967 年 4 月 5 日，国防科委组成 405 专门任务组，研究制定整套测轨预报方案，编制供发射时使用的测轨程序，包括传输、纠错等必需的前端数据预处理。任务组成员 25 人，来自天文台、数学所、西北计算所、发射中心和 701 工程处，穆鸿飞就是 701 工程处三人中的一位。405 组在南京集合，悄悄地在鸡鸣寺古生物研究所的一栋楼房里演练和计算，进行了上万次模拟轨道计算。这也是我国最早的重大科研项目的计算机模拟分析工作，数据量极大，在当时的技术条件下，处理十分不易。他们避开了街头的“文革”喧闹，酷热的夏天，手腕上沁出汗水，严寒的冬天，炭火盆不足以暖手，不管窗外如何光怪陆离，大家毫不分心。是年 11 月，进入试算阶段，得到满意的结果。周恩来总理为确保该项目安全，避免“文革”干扰，特派专机将重要科研成果、人员、

1988 年，西安卫星测控中心，穆鸿飞在工作中

程序、资料从南京接运到北京。原始创新，大攻关、大协作，给当年的科研精英留下了半个世纪的记忆，学科交叉、科技融合，也为今后的发展带来了不可估量的影响。

穆鸿飞 1969 年 12 月参军入伍，来到国防科委 20 基地第六试验部。这是渭南偏僻的山沟，爬山需要绕十八道弯才能到达的地方，整个区域只有 18 户人家。与世隔绝潜心科研，这是穆鸿飞一生工作的常态。1984 年穆鸿飞任轨道室主任，后又任测控技术部软件室主任。

1972 年，美国总统尼克松访华，随行的有一只神秘的黑皮箱，就是一个微型活动卫星地面站的终端，尼克松的现场影像，通过这个终端，再通过距离地球 36000 公里的赤道上空的通信卫星，转播给大洋彼岸的美国观众。一时间，大家议论：什么时候我们中国也能拥有这种技术？ 1974 年周总理批示，1975 年 3 月 31 日，中央军委批准，中国的通信卫星工程终于落地，代号“331 工程”。

在“331”任务中，穆鸿飞和他的团队完成了轨道参数计算等四种程序，达 16000 条指令。他负责 320 计算机总联组的工作，在任务准备和执行过程中，第一发轨道异常，经研究，修改了程序，保证了轨控工作顺利进行，为任务的圆满成功作出了重要贡献。

到 1998 年 12 月，穆鸿飞退休，他参与了所有卫星测控实验任务，和“宇宙一号”“天空实验室”等拦截任务。他先后荣立二等功 1 次、三等功 4 次，获国防科工委科技进步一等奖 2 项、二等奖 2 项。他是《导弹卫星测控系统工程》一书的编委、《卫星测控系统工程》一书的副主编。1992 年起享受政府特殊津贴。穆鸿飞所在的轨道室 1984 年荣立一等功，1986 年轨道室党支部被中组部授予“全国先进党支部”荣誉称号（全军共 4 个单位），穆鸿飞当时是支部书记。

退休后，穆鸿飞继续为我国的卫星发射事业贡献力量，1999 年 4 月至 2000 年 12 月他受聘于上海航天局卫星工程研究所任某型号卫星专家组成员，参加该型号卫星的研制、设计、测试、发射试验全过程的工作。一年多的时间里面，他太原发射中心去了三四趟。

“严肃认真，周到细致，稳妥可靠，万无一失”，这是周恩来对国防科技工作提出的十六字方针。“特别能吃苦，特别能战斗，特别能攻关，特别能奉献”，这是中国载人航天精神的高度概括。穆鸿飞等老一辈航天人正是以此为指针，鞠躬尽瘁，无私奉献。他工作时吃住在机房，落下风湿毛病，现在平时要绑腰托。当了室主任以后，他总是把立功的机会让给别人。他贡献了一生，无愧于事业，但有愧于孩子。他遗憾自己全身心扑在事业上，没时间关心孩子，不然一对双胞胎儿女可以考上一个好的大学。他感恩党和国家培养造就了他，他也要把一切都献给党和国家。他有时候去中小学讲航天人的精神，寄语祖国的未来求真奉献。

我国的通信卫星添丁不断，甚至走出国门，服务世界，这是中国航天人的骄傲，是一代代航天人长期的心血凝聚薪火相传。

（桂志华）

袁启根
第一艘核潜艇的亲历者

袁启根1969年2月入伍，由于身体条件优秀，被选拔为潜艇兵。当时，中国的核潜艇事业正处在从理论研究到实际设计建造的关键阶段。袁启根亲身参与了中国海军第一代核动力攻击潜艇研制、建造、实验和最后正式服役的全过程。

我国核潜艇的研制是以秘密的形式进行的，所以得不到当时美、苏、英、法等有核国家的任何技术支持，完全是一个从无到有的过程。在此期间，袁启根和战友们面临着来自各方面的困难和危险。

首先是工作环境的艰苦。在一般人的印象中，核潜艇研制是当时国家的重大工程，工作环境总不会差到哪里去。其实不然。由于整个项目是在东西方各国的环伺之下秘密进行的，所以研制地点一定要隐秘。在核潜艇下水试验之前，需要先在陆地上做模拟试验。实验的地点选在深山老林之中。当地的交通运输非常不便，物资匮乏，所以工作条件极为艰苦，甚至连吃饭的桌子都没有，只能把锅子放在空地上，大家一起蹲着吃。

1970年12月26日，我国第一艘核潜艇下水。袁启根当时就位于主汽轮机舱，是整个主汽轮机组的组长，负责控制潜艇的前进速度。潜艇在水下的时候，艇上的108名官兵完全处在与世隔绝的密闭空间中，呼吸着用尚不成熟的循环设备生产出的“人造空气”，喝着“人造淡水”，吃着特殊处理过的食物，耳边是永不间断的机器运作声。就是在这种工作环境中，袁启根和同志们坚持进行了历时三年多的“系泊试验”，一直到1974年核潜艇正式服役。

由于当时核反应研究在我国还处在起步阶段，许多与核辐射相关的防范规范还没有建立，相关的宣传教育也还没有成体系，许多同志都遭受了核辐射的侵害，在实验结束后的若干年里陆续得了癌症。1973年，正在进行系泊试验的核潜艇发生了一次重大的事故：核反应堆舱的管道由于受到海水的长期侵蚀而发生异变，导致主泵泄漏，高温、高压、高剂量的放射性物质泄漏出来。当时袁启根就在潜艇上，身体直接暴露在核辐射之下。万幸的是，这次事故没有对他和战友们造成严重的后果。几个月后，袁启根再次回到潜艇上，继续参加试验。

在和核辐射作斗争的同时，袁启根和同志们还承受了精神上的巨大压力。大家都意识到自己参与的是国家的重大项目，背后有全国成百上千家工厂和相关部门的支持，在任何环节上稍有失误，就会使国家人民的财产遭受巨大损失。在模拟试验时，有一次潜艇的束管装置没有正常启动，于是整个项目都暂停下来寻找原因，后来查明是油路系统的压力过高导致的机械故障。但就在这个调查的过程之中，有一个战士被怀疑操作失误，最后他受不了精神上的折磨，在地下室上吊自杀了。当时大家承受的精神压力可想而知。

1974年的“八一”建军节，中央军委将中国第一艘核潜艇命名为“长征一号”，正式编入海军战斗序列，袁启根和同志们圆满完成了党和国家交给他们的任务。1979年，袁启根来到位于上海的海军研究院标准规范研究所担任工程师。由于他长期在核潜艇第一线工作，所以对核潜艇内各个系统中可能会出现的问题非常熟悉。例如，当时核潜艇反应堆舱中的绝热材料对人体有强烈的刺激性，甚至到了晚上连觉都没办法睡的程度。这是根据袁启根自己的亲身经历提出的问题，研究院高度重视，专门成立了专家组研究解决反应堆舱中绝热材料对人体的刺激性问题。又如，在袁启发参加核潜艇试验时，潜艇中各舱之间并没有隔离开来。几个舱的战士们可以互相接触，这样一旦一个舱内发生核泄漏，这几个舱的人员都会受到交叉污染。现在新的核潜艇标准规范制定以后，各个舱之间采取了严格的隔离措施，可以有效地防止交叉污染的发生。

今天，中国的核潜艇技术已经跻身世界一流水平，同时核潜艇上每一位战士的生命安全都能得到最大程度的保障，这些都离不开当年袁启根和其他第一代核潜艇研制人员的艰苦努力。

（陈文备）

1986年，袁启根（左一）在中山考察我国购买的第一艘航母——澳大利亚“墨尔本”号

王乃宽
心底的誓言

王乃宽的拳拳报国心在他幼小的时候就萌芽了。那时，日本侵略者占领济南，王乃宽全家被迫逃亡，日本鬼子无恶不作的行径给他留下了深刻的印象，那首悲惨凄凉的歌曲《松花江上》，王乃宽至今哼唱起来还是会泪眼迷蒙。在抗战胜利的氛围中王乃宽兴高采烈地升入了初中，历史课上，当老师讲到甲午战争我北洋水师全军覆没时，王乃宽愤慨不已，立志将来要做一名造船工程师，为祖国建设强大的海军而奉献。1952 年填报大学志愿时，王乃宽第一志愿就是上海交通大学造船系，并如愿考中。

毕业后，王乃宽以第一志愿被分配至海军舰船修造部。1955 年实行军衔制，王乃宽被授予技术少尉军衔时，他直奔北京前门外著名的“茂林玉”照相馆，拍下了第一张军装照。他看着照片中帅气的自己，暗暗挥了挥拳头，默默地告诉自己：奋斗吧年轻人，为祖国的强大。

王乃宽先后驻在江南、沪东、广州、中华等造船厂和 708 研究所军事代表室工作。1988 年评定为高级工程师，1989 年授予海军专业技术大校军衔。

香港回归前，时任海军司令员刘华清指示，一定要造出先进的护卫艇进驻香港。海军即列项研制 037-II 型导弹护卫艇，并由海军论证中心作了方案设计，王乃宽驻在的 708 所参加了招投标。当王乃宽得知标书选用的 4 台推进主机，与 037-I 型火炮护卫艇相同时，不禁吃了一惊，因为该艇用机是原苏联 50 年代初研制，不能满足海军领导提出的：跨大步、上水平、到世纪末仍不失先进的要求。王乃宽查阅了大量资料，提出了以 12PA6 为主体的 4 种配机方案，在单位领导支持下他携带资料直接赴京向领导机关汇报。领导机关听后提出能否用三台 12PA6 机。王乃宽经过两天两夜初步估算，向领导机关作了明确肯定的答复。哪知原标底设计者却提出三台机布置有困难，指名要借调王乃宽去北京参加标底修改。王乃宽自己先试绘布置草图，确认把握很大，遂带相关资料赴京，在论证中心连续工作 20 余天，绘制落实难度较高的前双后单新的机仓布置图，并解决了排气管直径与走向的布置困难。在技术设计阶段，王乃宽作为该艇的副总审图师兼轮机主任审图师，对相关的设计图纸与技术文件进行了审查和认可。037-II 首艇于 1991 年 8 月交船服役，参加了海军新装备集训合练演习，受到各级领导很高的评价，被誉为“中华第一艇”，先后获得中船总与国家科技进步一等奖。王乃宽也荣立三等功。更让王乃宽念念不忘的是，王乃宽参加该艇第一次航行试验穿过珠江出海时，迎面遇到来自香港的快速游艇，艇上的香港同胞第一次见到祖国如此先进亮丽的高速战艇时，纷纷涌上甲板，自发地热烈鼓掌，当时王乃宽感到一股暖流涌贯全身，为能献身海军装备事业而自豪。

1997 年 7 月 1 日，当 0 时的钟声敲响，中华人民共和国国旗冉冉升起，香港正式回归祖国。4 艘 037-II 型导弹护卫艇，联袂昂首进驻香港，是驻港部队最为精良的武器装备，是国威的象征、民族的骄傲。

2003 年初，海军驻上海地区舰艇设计研究军事代表室聘请王乃宽为“726 型气垫登陆艇”海军专家组成员，退休多年的他，又一次参与到国防建设中来。王乃宽和同事们前往祖国各地，选用了近 90% 的航空设备，奠定了该艇成功研制的基础，多次跨越大江南北到设备协作单位调研、技术摸底、谈技术协议、签技术

任海军军代表时的王乃宽在中型登陆舰前留影

规格书、设备出厂试验评审等，解决了许多技术难题。2009 年底，726 首艇顺利交船。王乃宽又参加了近两万吨级的大型船坞登陆舰“昆仑山”号的技术设计审查。2010 年 7 月，“昆仑山”号携载 726 型登陆艇共同参加了亚丁湾、索马里海域护航任务，既大大提高了我国海军的两栖作战能力，又展现了我海军已走向深蓝的强盛。

726 型气垫登陆艇 2013 年转入量产后，该艇海军专家组完成了历史使命。此时王乃宽已八十高龄，耄耋之年的他望着家中斑驳的墙头挂着的其第一张军装照，那个心底的誓言依然有力地回想在耳边。

（桂志华）

刘玉琴
巾帼英雄，在罗布泊默默奉献

刘玉琴1965年从中国人民解放军军事工程学院电子工程系微波专业毕业，随后便进入21基地研究所，从事核试验控制和测试工作。

当时，新中国的核武器研究正如火如荼地开展着。1964年10月16日，我国第一颗原子弹在新疆罗布泊爆炸成功。第二年，刘玉琴便来到了位于罗布泊的核试验基地研究所第4研究室，负责在核试验中控制各种测试仪器，收集与核性能相关的各种数据。除此之外，刘玉琴还被选为毛泽东思想宣传队的一员，演说宣传，鼓舞战士们的士气。因在工作中表现优异，她曾荣获过个人三等功。

核试验基地的大本营设在罗布泊地区的马兰，那是一片与世隔绝的戈壁滩，生活条件十分艰苦。刘玉琴所在的研究所在天山深处。那里原本是一片无人区，连正式的名字都没有。由于石头山从远处望去是红色的，于是他们便把那里称为“红山”。刚进红山时，那里还是荒无人烟最原始的状态，刘玉琴和战友们一起搬石头、开水渠、种树，进行了初步的基本建设。

罗布泊当地的自然环境极其恶劣，全年的最高气温和最低气温之间相差60摄氏度。就算是夏天，山上也会降雪，因此一年四季都需要穿棉袄，盖棉被。除了极端的天气之外，当地的土壤还含有放射性成分，导致许多同志到了那儿之后都出现了低血压的症状。

食物和水源是另一个严峻的考验。每年的十月到第二年的五月，基地里的蔬菜基本就只有大白菜、萝卜和土豆这三样，另外每人每个月有一斤肉的配给。当地没有自来水，喝的水是从附近的内陆河接过来的，而且没有经过任何卫生处理，经常会在水中发现树叶甚至小鱼。

执行核试验任务时，刘玉琴和战友们需要离开基地，往戈壁滩的更深处进发。晚上，他们支起露营帐篷，每个帐篷里睡八九个人。当地还有一种特有的大老鼠，全身土黄色，尾巴上有一大撮毛。一到晚上，它们便会在帐篷里跑来跑去。不仅如此，它们还会破坏设施。有一次在模拟实验中，刘玉琴发现她所负责的设备丢失了好几个指令，于是大家紧急检查，查找原因，最后发现原来有一根电缆被老鼠咬断了。

就在这样艰苦的环境中，刘玉琴在马兰生活了整整二十年，前后参加了多次核试验。她和同研究室的周大华结婚，他们的两个孩子也先后在马兰野战医院出生。而且当地的物资极其匮乏，有钱也买不到东西。夫妻俩省吃俭用，将两个孩子抚养长大。除了参加核试验工作，他们还需要自己种地、养鸡，用热水袋孵出小鸡来。孩子从小到大身上穿的衣服也都是刘玉琴一针一线缝制出来的。

1984 年，刘玉琴、周大华夫妇被调到上海的海军装备研究所，从事电磁兼容项目的研究工作。所有舰船上的雷达、通讯、声纳、导航等设备，都会用到电磁波，电磁兼容项目的研究目标，就是要保证这些设备之间能够独立工作，互不干扰。直到现在，电磁兼容仍是海军最重要的研究课题之一。当时我国在这方面的研究还远远落后于美国等先进国家。那之后的十二年，刘玉琴、周大华夫妇和同事们一起研究、试验、测试，建立起这个领域里的基础标准规范。他俩曾一同登上舰船，也曾一同随潜艇潜到海底，在实践中验证研究成果。经过夫妻两人的不懈努力和电磁兼容室其他同事的辛勤工作，到 1996 年刘玉琴退休时，我国的相关研究已经接近了世界一流水平。

长时间从事核试验相关工作，给刘玉琴的身体带来了严重的影响。她曾先后三次被查出癌症，还好三次手术都很成功，她最终战胜了病魔，重新恢复了健康。回想起当年在新疆罗布泊的工作经历，刘玉琴说自己是开开心心去的，后来也是开开心心回来的，因为她知道是国家培养了她，而自己又能为国家的重大项目作贡献，那是发自内心的高兴。现在刘玉琴也依然活得很乐观，很知足。

（陈文备）

1968年刘玉琴去北京出差时留下了珍贵的影像

汪坤泉
长风破浪会有时

中国人民解放军海军成立，至今已经70周年。如今中国海军已经发展成为一支多兵种合成、具有现代化综合作战能力的海上力量。汪坤泉作为中国海军发展过程的亲历者，对此感触很深。

1966年，汪坤泉从上海交通大学船舶制造系潜艇设计与制造专业毕业，进入第七研究院第七一九研究所任技术员、工程师。1978年，汪坤泉调入海军装备研究院标准规范研究所，先后担任工程师、高级工程师、室主任和副所长。

在标准规范研究所工作期间，汪坤泉最主要的贡献，是参与主持制定了《舰船通用规范》。这是新中国第一部舰船通用规范，作为舰船研制主规范，是军方与国防工业企业集团签订研制与建造合同的基本依据。首版规范颁布后，当时新研制的054A型导弹护卫舰、071型综合登陆舰、726型气垫登陆艇、022型导弹快艇、081型扫雷舰均较全面地贯彻实施该部规范。由于该部规范是体现当时“九五”期间我国舰船研制的先进水平，所以实施该规范具有显著的军事效益和经济效益。

由于与其他海军强国相比，人民海军建立的时间较晚，许多技术和制度都还处于摸索阶段，所以前40年人民海军一直没有一部完整的舰船通用规范。自1989年起，在总装海装领导机关的领导下，集中了舰船行业各方的前辈与专家，全面开展规范的编制工作。根据上级安排，《舰船工作分解结构》获军队“科技进步奖”二等奖第一名的汪坤泉，从舰船通用规范项目启动前即投入其中，着手全面安排工作，前后经历了三个阶段的全过程。

第一阶段，立项预研与筹备。汪坤泉从一开始为海军预研项目组组长，即会同项目组成员，从七大方面，全面细致地完成了研究报告。随即作为军方的项目负责人，直接投入编制机构的筹建工作。编制机构分为两个层面：一个层面是由总装牵头海军与五大国防工业部门，成立领导小组、领导小组办公室与特聘专家组；一个层面是确定参加编制组的成员单位和人员，根据各单位的业务范围和专业特长，经多次全面协调，先后成立了总编制组及其办公室、十个大组编制组、数十个分编制组与数百个章编制组。汪坤泉牵头总编制组办公室完成《编写导则》，并奔赴全国各地对相关编制组进行编写前的宣贯及统一认识、步骤与做法。

第二阶段，全面开展编写。《舰船通用规范》先后历经多稿，其间多次开展自下而上、自上而下、多领域与多层次协调与审查。作为总编制组的常务副总编的汪坤泉，主持总编制组办公室日常工作，处理与各编制组相关的各类技术问题及管理问题，其工作量之庞大是可想而知的。总编制组办公室收集、整理、分析提出前期的初步意见，由总编制组全体会议处理并确定。重大的问题还需请特聘专家组定夺。这阶段工作中，汪坤泉多次提出“武器装备（含系统、分系统及关键件等）的性能要求，必须以军事需求为牵引的原则”，为此《舰船通用规范》不少重要性能内容得以保留或提高。在汪坤泉和同志们的共同努力下，《舰船通用规范》最终按计划完成。共11分册、587章，计320万字。

第三阶段，长期开展维护。舰船科学与技术是在不断发展与提升的，保持规范的现行性、正确性和权威性是规范的生命力所在。所以维护《舰船通用规范》是总装备部每年作为重要项目下达的任务。维护初始阶段，汪坤泉主笔完成了《全面实施好、维护好舰船通用规范》与《舰船通用规范应用指南浅释》，并先后对海军机关、在京研究所、海军各代表局与有关厂所共700余人进行

汪坤泉近照，和爱人在一起

舰船通用规范宣讲与解答；对型号研制中实施规范的问题及时进行处理，进而按规定的程序，负责编制、报批、颁发规范修改单；完成舰船通用规范维护信息交流同实施办法，经审查通过上报海军装备部；着手开始舰船通用规范修订版（A 版）的筹备工作等。

此外，作为专职标准化机构的技术干部，汪坤泉还在军内外参与了大量的武器装备标准化项目的业务指导，以及草拟、修改与审查等工作，对相关部门的军用标准化工作起到重要的推动作用。

汪坤泉以主要完成人的身份先后获得军队科技进步一等奖 1 项，军用标准化二等奖 2 项，国家科技进步三等奖 1 项和其他军队科技进步三等奖 6 项。撰写论文共 21 篇，其中独立撰写 15 篇，署名第一编写 6 篇。1988-2000 年担任标准规范研究所副所长期间，汪坤泉主管全所科研工作，十二年来全面完成各项科研任务。在全所科研干部的共同努力下，研究所获得过数十项各类科研成果奖。他个人也荣立过二等功 1 次，三等功 1 次，此外还荣获过海军论证研究中心先进个人和海军装备研究院“科研功臣”三级荣誉奖章，享受国务院政府特殊津贴。

长风破浪会有时，直挂云帆济沧海。今天人民海军取得的瞩目成就，既离不开前线战士们的浴血奋战，也离不开汪坤泉和其他海军科研工作者的刻苦钻研和辛劳付出。

（陈文备）

第四辑

术业专攻，铁肩担责义

曹立国
大兴安岭的救火英雄

曹立国1946年出生于吉林省一个小镇，自幼丧父，随爷爷奶奶长大。两位老人靠本事吃饭，靠辛苦挣钱，乐于助人，勤俭持家，黑白分明，疾恶如仇，这些规矩也成为一家人的行为准则，也是曹立国的人生基因。

少年奋发，“头悬梁锥刺股”，1965年曹立国考入吉林大学哲学系，改写了祖祖辈辈无人识文断字的历史。大学毕业后他被选入吉林省森林警察部队。先后担任支队参谋、作训科长、基层大队长、总队作训处长、总队副参谋长，1992年后兼任省森林防火指挥部办公室副主任（专职）。1987年5月，在震惊世界的大兴安岭特大山林火灾中，曹立国带队跨省扑火，转战西线火场二十日，艰险毫不避退，生死置之度外，荣立个人二等功。

1987年5月6日起，山火陆续蔓延大兴安岭，过火面积达101万公顷，211人丧生，266人烧伤。5月11日夜，接国家森林防火指挥部命令，吉林森警组建80人的机降灭火队，赶赴大兴安岭扑火，曹立国被任命为第一突击队副总指挥。他们的队伍奋战在西线火场，5月的大兴安岭夜间气温只有零下12摄氏度，大家露天躺在冻土地上，身体不自主地哆嗦着，只能靠整夜围着篝火跑动以御寒，很多战士感冒发烧。每个人身背二三十斤重的风力灭火机和打火工具，靠手探路，还得提防滑落山崖的危险。

一天，一分队二十几名战士先期赶到指定火场投入战斗，曹立国和二分队随后赶往。行进中曹立国发现远方一处山火向南袭来，原本向西的火线，受地形和谷风的影响发生突变，发展下去一字长蛇的火线就会变成U字型火区，一分队的战士即将面临被合围的危险。曹立国催促加速前进。当二分队赶到时，只见谷风推动着火线已步步逼近，曹立国高呼："快下车，救一分队的战友！"说着，带头冲进林中。当曹立国带着二十多名扑火队员夺命冲出火线后，火线在他们身后合围。眼前的一切，让身为指挥员的曹立国惊出了一身冷汗，看着死里逃生的战友们个个向他投来感激的目光，曹立国泪水止不住地流下来。

火势凶猛，百十公里的火线正推向前哨林场，接前指命令，林场和救火的地炮旅、森警部队需紧急撤离。林场人员难舍家园，执意不撤。灭火队面临生死抉择，如果他们撤离就是抛弃群众，不撤就是违抗军令。两难之间，森警和炮旅党委共同商定，留！就这样，军警民三位一体开始了前哨林场保卫战，谁也不知道结果会怎样，因大兴安岭火区还没有用人力抗争火魔的先例。战前紧急动员，林场实行"坚壁清野"（挖地窖，掩埋电器衣物），场四周开设大型防火隔离带……经反复研究，决定了作战方案：森警用风力灭火机依托隔离带阻击火头；二号工具队在场区死看飞火点；炮旅战士打余火守火场。

风在吼，火在叫。火光伴着树木的爆裂声，向林场逼近，浓烟翻滚着冲上了天空，呛得人睁不开眼。战士们嘴系毛巾，冲上火线，几十台风力灭火机嘶鸣着。战士们打红了眼，为了保证最大效率，把风筒直接抵到了火舌前。眉毛瞭了，胶鞋底软了，手套烤糊了，大家也毫不退缩，心里只有一个念头：灭不住火，全体战士葬身火海。在军警民全力配合下，林场外的山火呼啸而去，林场保住了！

"前哨林场保卫战"写入了大兴安岭灭火的史册。十六军地炮旅被中央军委授予集体一等功，森警扑火队也受到前指和省政府的表彰。曹立国的二等功勋章一次也没戴过，他觉得，那些天天在火线拼命不怕死的年轻战士，才是真正的英雄。

“军功章有我的一半，也有你的一半”，军人的家庭是军人和军嫂的并蒂莲，是共同奉献国防的同心结。从曹立国结婚那天起，家里的事都是妻子奔忙操持，女儿从小到大家长会、高考备战、生病半夜背着去住院、老家的事、爷爷的后事，等等。而妻子自己是有苦默默吃，有病暗中扛，有坎自己过。

女人生娃，生死攸关，妻子临产那天早上，偏偏赶上曹立国有任务，看到妻子痛苦的样子，他不忍心离开，想要向部队请假。妻子却说：“不行，这次你带队，任务离不开你，再说我也不一定今天生。”曹立国不敢再看她，狠心撒手出家门。妻子挺着大肚子，乘公交加步行二里路，挪到医院，医生检查后紧急推进产房。孤零零，没亲人陪伴，也没有产后餐，是临床大姐送了两个鸡蛋，添补腾空的肚子。

大兴安岭救火，曹立国晚上值班时接到出征命令，即刻进入临战状态，第二天来不及告诉家里就出发了。妻子下班回家，问了邻居才知道曹立国已去大兴安岭打火。一去二十天，无音无信，妻子在家受尽挂念煎熬，这种精神痛苦非军嫂不可知。回家后，妻子的第一句话是：“你可回来了，都急死我们了，还以为你回不来了呢！”

有一年，曹立国临时被抽调去农村工作队，妻子正巧出差在外，他不得不把一岁的女儿让老家的亲戚带走。妻子出差回家，家里空荡荡，只见一张纸条，一看落款时间已是半个月前。妻子眼泪就下来了，脸没洗，衣没换，连夜赶火车去到亲戚家，抱起炕上熟睡的女儿，紧紧搂在怀里，女儿惊醒，发现是妈妈，“哇”的一声哭出来，紧紧抱住妈妈的脖子，母女哭在一起。

曹立国退休后，摄影、钓鱼、栽花、种菜，耕耘的文字上了报刊杂志，摄影作品也时有发表、展出、获奖。和森林火灾抗衡了半辈子的曹立国生活得充实。

（桂志华）

吴凤鹏
初心不改使命必达

吴凤鹏的童年是在湖南郴州的一个农村里度过，家里很穷，吃不饱穿不暖，中华人民共和国成立了，共产党让穷人翻身做了主人，吴凤鹏才有机会进学校读书。吴凤鹏的人生开始踏上了一条与祖辈完全不同的轨迹，他后来说的最多的就是，跟党走，这辈子就交给党了。1962 年，学习刻苦的他考进了华中工学院（现华中科技大学）无线电工程系，这也是全乡的第一个大学生，此后，吴凤鹏一直都是乡里人的骄傲。大学时吴凤鹏入了党，班上两个党员，他就是其中之一。

1968 年，因“文革”动乱而影响分配的吴凤鹏，在南京军区丹阳湖农场锻炼。农场的日常用水就是农场的污泥水，要经过消毒、过滤才能用，等待时间比较长。为不耽误时间，吴凤鹏记得班长总在头天晚上为班里每个人的桶装满水，准备第二天早上洗漱用。在农场的第一个冬天，北风凛冽，天寒地冻，连队组织他们整修水渠，疏通河道。站在冰冷刺骨的水渠中，铲杂草、清污泥、修渠道，冰水从脚底钻透全身，疼痛难忍，有的人当即病倒，不少人冻伤腿脚，吴凤鹏的双膝也患上了严重的关节炎。

1970 年 8 月 1 日，在这个对军人来说永远闪亮的日子，吴凤鹏奉命到位于上海的总后勤部华东物资工厂管理局报到。物资工厂局负责总部、兵种驻华东地区部队的物资供应保障，及所属工厂的管理。

1978 年 12 月 24 日，正是党的十一届三中全会公报发布的第三天，轮到吴凤鹏战备值班。夜里八点多钟，吴凤鹏正在聚精会神地阅读着公报，那一项项鼓舞人心、催人奋进的决策，深深感染吸引着他。就在吴凤鹏沉浸于喜悦和激动之时，一阵急促的电话铃声响起，电话那头传来严肃而清晰的声音："我是总后某某部值班室，现在有一项重要的战备物资要由你局筹措、发运。请记录。"原来，广西、云南边境集结的对越自卫反击战参战部队，急需汽车轮胎3000套、三轮摩托车20辆，必须在15日内筹措发出。

吴凤鹏和战友们紧急行动起来。采购部门立即派人到上海橡胶（轮胎）工业公司和江西南昌某机械厂落实生产，并派专人到工厂随时验收。发运部门随即向上海铁路局军运处申请、落实车皮，并组织人员检修装卸设备器具，随时准备装运。吴凤鹏作为综合计划助理员，则随时了解工作进程，协调各部门、各环节关系，发现问题及时协商处理。经过军地双方共同努力，全部物资12天内就装车发出，圆满地完成了任务。

在接下来的三个多月时间内，物资局接到总部机关、有关军兵种、军区及参战部队打来的电话一个又一个，受领的临时追加或临时变更任务一批又一批，共紧急加工、采购、发运作战物资400多个品种，其中包括罐头、压缩干粮、急救药品、医疗器械、背囊配件、汽车轮胎、发电机组、三轮摩托车及钢材等物资，及时保障了边境作战部队的需要。近40年过去了，吴凤鹏却始终记得当晚那个紧急响起的电话，以及之后军地齐心协力与时间赛跑的紧张高效的300个小时。这也成为了吴凤鹏一生工作的缩影，踏踏实实，使命必达。吴凤鹏的理念是，工作上来不得半点虚假，干一件是一件，干到自己满意为止。

到1999年退休，吴凤鹏早已是高级经济师。他又被返聘8年，主编了《陆军军事训练与考核大纲（物资站库分册）》和《总后勤部华东军用物资采购局大事记》，起草了"采购局物资应急采购演练实施方案"及"多媒体影像解说词"，参与了总后军需物资油料部和采购局部分物资采购工作制度的起草与修订。吴凤鹏还担任了三届总后勤部物资专业高级职称评审委员会委员。

吴凤鹏真正退休后，他的热情依旧减不下来，他积极融入社区，帮助别人，用他的话说，“我自愿服务居民，为和谐社区尽一份绵薄之力，也为自己的退休生活添了一份独有的快乐。”他作为社区综治网络小组成员，协助居委干部进行反邪教、防诈骗、垃圾分类、扫黑除恶等宣传，还参与处理了部队某住宅小区的物业管理问题。作为党员志愿者，参与社区组团式大走访，听取和反映民意，排解民忧，先后解决了衡山路东平路一带酒吧、餐厅长期存在的污水横流、垃圾乱堆、噪声扰民和油烟污染等居民反映强烈的问题，受到周围群众的广泛好评。作为平安志愿者在街头巡逻站岗，维护治安秩序。路过乌鲁木齐南路岳阳路一带的市民，经常可以看到一个穿着橙色马甲、戴着红色臂章的老人，在街区马路上来回走动巡防。他们不知道的是，这个老人年轻的时候，曾从韶山步行到井冈山；这个老人壮年的时候，曾指挥着千万军用物资的调配。风风雨雨走下来，唯一没变的，是他脸上认真执着的神情。

（桂志华）

1979 年，工作中的吴凤鹏

黄汉荣
石头的智慧

1951年出生1969年当兵的黄汉荣，已年近七十，但双目依旧炯炯有神，转动灵活，镌刻在眼角的几道笑纹则述说着人生的沧桑，也沉淀着人生的智慧。

“对我们边防战士来说，是养兵千日用兵千日。”黄汉荣的军旅生涯基本都在边防检查艇上度过，从快艇机电兵到机电长、艇长，到筹建海警支队任首任支队长，到上海边防局参谋长、副局长，服役38年后于2007年退休。偷渡、走私、运毒，这些违法犯罪行为可不按作息制度，随时可能发生，边防战士需保持高度警惕，守候伏击，几天几夜不睡觉也是常有的事。

累是常态，危险也是时常考验着他们。2000年6月，已任边防局参谋长的黄汉荣奉边防总局之令，指挥上海边防海警支队快艇，前往韩国邻海，把从吉林偷渡去的50个偷渡客带回来。当天海上风力达到9级，快艇的抗风力正好9级。黄汉荣指挥若定，下令打开卫星导航，多数艇员晕船呕吐，有人报告能否返航，黄汉荣严正指令：没完成任务返航就是逃兵！必须坚决完成任务！最终成功将偷渡的人员带回，完成了总局交给的任务。

黄汉荣印象较深的还有1996年处理“绿色和平”号事件。当时我国核试验进行到关键阶段，绿色和平组织派船开赴上海。中央决定，以实施港口国监督管理的名义，阻止其入境。黄汉荣率海警支队的巡逻船，布置了三道防线。当目标船驶入长江口基线时，海警执法人员和“绿色和平”号人员进行交涉，说明该船在我国

1995年前后，时任上海边防海警支队长的黄汉荣在作战指挥

港口没有装卸任务，不欢迎进入中国港口。“绿色和平”号口头抗议后，在黄汉荣指挥海警艇的监护下出境。绿色和平组织事后向国际社会宣布:“中国政府在处理此事时，表现得很友好很专业。”海警支队处置得当，维护了国家权益，也受到上海市和市公安局领导的赞扬。

“坐在船头稳，不怕浪来颠。”黄汉荣身处反走私、反偷渡、缉毒第一线，又是领导，要捞钱捞物很容易，可以说是高危岗位。黄汉荣深知风险，他从来都是清清白白做人，经得起利益的考验。一次在华亭宾馆附近抓走私，一包钻石，价值千万，抓上一把就是百万富翁。黄汉荣只看了一眼，摸都不摸，马上下令进保险柜。黄汉荣任边防总队参谋长时，情报处和技术装备处隶属其领导，由于工作的特殊性，为了搞好情报侦察工作，有时公务的吃用可用特别经费开支，发票甚至白条只要签字认可就可报销，但黄汉荣严掌签字一支笔，正儿八经按规定处理上报经费，从未利用职权报销个人消费发票或用白条虚报。技术装备处则可购买电脑手机照相机等贵重物品，黄汉荣决不用公费购买私用。黄汉荣觉得领导干部在廉洁上肯定要率先垂范，“上梁不正下梁歪”，“只有我不出事，理直气壮管理部下才不易出事”。黄汉荣在执行纪律上铁面无私，认事不认人，但对下属关爱有加，他当时提出，对于第一个发现目标的海警队员，记三等功一次，奖金翻番，名和利都给有贡献的队员，他自己奖金从来只拿一份，立功受奖也发扬风格让给别的干部战士。对提供信息的个人或单位，事成之后可重奖。黄汉荣工作领先带头，但每到送奖金给提供情报者时，坚决回避，决不和受奖人见面接触。

“人与人的关系和友情，也要坚如磐石才可靠。”黄汉荣酷爱收藏奇石，当时是工作紧张，而自己扑克麻将不来，唱歌跳舞不会，怎么减压放松呢？一开始是养养花种种草，后来转到收藏奇石。他用业余时间收藏来自名川、江海、沙漠之中的各种奇石，几十年来收藏的石头有近千件。在黄汉荣眼里，石头是天然雕琢的古董，有的像山峰有的像人物或动物，汲取天地之精华，展现自然之灵韵，千姿百态多神奇。

黄汉荣认为，把自己的爱好和收藏与大家分享共赏，是件赏心乐事。战友和亲友家里有事时，他往往就送件奇石表心意，在他看来，送钱和食物用完吃完就没了，送件奇石有收藏和欣赏价值，既能弘扬石文化，也能体现战友亲友之情谊。曾经和黄汉荣有工作联系的一位韩国领事离任时，黄汉荣将自己收藏的一块白色上有红绿宝石的藏品赠送给他。“愿我们两国和两人之间的友谊，坚如磐石，坚不可摧。”领事当即流下眼泪，表示回去后要把这块石头放在大厅最显眼处，作为中韩两国友好象征。

石头成了黄汉荣的名片，而黄汉荣也在收藏中悟出了处世之道，他说，人与人相处，当不冷不热不卑不亢才好，而友情，也要坚如磐石才可靠。

（桂志华）

刘官荣
绝处逢生的飞行英雄

刘官荣1948年参军，1956年开始在空军服役。那之后的24年，他累计飞行时间达到了1600小时。

“地面苦练，空中精飞”是当时的指战员对他的要求，至今刘官荣仍在牢记在心。“地面苦练”，是指在地面刻苦演练飞行技战术，模拟体验动作要领，要练到对飞机上的各种仪表非常熟悉，“闭着眼也能操作”；而“空中精飞”，则是指在实际的飞行过程中，能够沉着、果断地应对各种突发状况，安全完成飞行任务。

1961年，刘官荣在空四军航空兵十五师服役。一次，刘官荣在福建轮战，战斗起飞追击台湾方面的一架RF101侦察机。在追击的过程中，刘官荣的飞机突然遭遇了雷雨云。雷雨云间常伴有强烈的降水、放电和不稳定气流，飞机穿越雷雨云是非常危险的。但当时刘官荣已经来不及，于是他果断冲进了雷雨云。只见那里面雷雨交加，闪电就在自己的周围此起彼伏，飞机随时都会被雷电击中。在那几秒钟的时间里，刘官荣感觉自己的生命真的全都交给老天爷决定了。万幸的是，飞机最后穿过了雷雨云，敌机返台，我们返航，该敌机后被我军地面高射炮击落，活捉少校飞行员吴宝智。

1963年，刘官荣被调到上海龙华的5703军工厂。军工厂的任务是对服役中出故障的飞机进行检查和修理，让飞机重新达到战斗状态。和前线的飞行员相比，试飞员的工作反而更加危险，因为在试飞的过程中会出现各种无法预估的突发状况。在做试飞员的 18 年里，刘官荣经历过至少四次生死考验。

第一次考验，刘官荣在一次做飞机的反转测试时，仪表板毫无征兆地突然起火，机舱里顿时烟雾弥漫，什么都看不到了。而此时飞机正以垂直 90 度的倾斜角度飞行，一个不小心就会失控而直接撞到地面。刘官荣临危不乱，先凭借经验将飞机调整到水平飞行状态，然后果断关闭总电门。等到机舱内的烟雾消散以后，他通过肉眼判断高度，操作飞机。最终凭借着高超的飞行技术，在仪表板全部烧毁的情况下，硬是将飞机平稳地降落。

第二次考验发生在一次速度测试中。当时刘官荣正驾驶着飞机在八千多米的高空以接近一千公里每小时的速度向前冲刺，就在此时，他头顶的座舱盖突然“砰”的一声打开了，狂风立刻就压了下来。刘官荣连把帽子上的防风镜戴到眼睛上的时间都没有，毫不迟疑，马上压低身体，把脑袋躲到前防弹玻璃后面，同时油门一收，把速度降了下来。稳住飞机以后，他冷静地向塔台报告：“座舱盖开了，我正在处理。”接着，他做出了一个勇敢的决定。他用双腿把身前的驾驶杆夹住，然后把密封带解掉。观察没有异常后，他又用腾出的双手将座舱盖重新盖上，再把密封带慢慢封上。最后安全返航。事后他回想起来，如果当时在座舱盖意外打开时自己稍有迟疑，眼睛就很可能被气流吹破裂。

第三次考验发生在一次试飞的降落过程中。按照正常的飞行流程，降落之前先放下左、右、前三个起落架，三个绿灯亮起，表示起落架已上锁，这样便可以安全降落了。但是那一次，三个起落架竟没有一个放下来。刘官荣意识到，这应该是油路系统出了问题，于是果断换成手动用冷气放起落架。这一次，左右两边的起落架顺利放下了，但是前面的起落架还是没下来。此时如果强行着陆，飞机头会和地面剧烈摩擦，很有可能引起大火。刘官荣艺高人胆大，他操控飞机以极快的速度向下俯冲，然后突然向上拉起，通过离心力把前起落架“甩出来”。第一次俯冲，前起落架是出来了，但是绿灯依然没有亮起，这说明起落架还没有上锁。于是刘官荣又重新俯冲了一次。这一次，绿灯终于亮了。刘官荣又一次惊险而成功地降落。

最后一次考验情况最为凶险。那次刘官荣驾驶飞机刚起飞，发现飞机爬升不到正常的高度。当时下面的人眼看着飞机往下坠，全都不知所措。而在座舱内，刘官荣感觉整个飞机在不停地抖动，仪表板上所有的数值都出现了异常。他连忙告诉塔台："飞机有故障，我要返航。"塔台当时给他的指令是让他再飞一段看看情况。但是经验告诉刘官荣，这次的情况非同小可，于是他没有听从塔台的指示，而是立即降落。飞机是从北向南起飞的，如果按照正常的降落流程，飞机需要先绕回到跑道的北面。但这样的话至少需要六分钟才能降落。刘官荣判断飞机可能坚持不了那么久，他果断将飞机直接掉头，从南向北逆向着陆。之后检查，原来是飞机结合部的大螺栓没有拧紧，一个螺栓已经卡进飞机好几公分了。当时如果刘官荣没有选择紧急降落的话，飞机随时都有可能在空中直接解体！

刘官荣绝处逢生的飞行故事还远不止这些。他常说飞行是勇敢的事业，而他本人把青春中最勇敢的1600小时留在了蓝天上。

（陈文备）

一草一木皆关情，现在的刘官荣喜欢侍弄花草，
但还是保持了在部队时的作息习惯

惠康华

风云年代的两次特殊任务

军旅生涯几十年，终生受益铭记心。惠康华 1946 年出生，1965 年入伍，1966 年进入上海警备区警备团摩托连服役。“文革”开始不久，连队被编为上海警备区摩托营三连。在服役期间，他执行过两次令他终生难忘的任务。

1971 年，当时担任了连指导员的惠康华亲身参与了保卫毛主席专列，粉碎林彪反革命集团的斗争。

那天是 1971 年 9 月 11 日早上 7 点，惠康华接到上级的电话，让他和连长两人到师部召开紧急会议。师长亲自主持会议，部署铁路专列警卫任务，命令摩托营全营担负上海至江苏铁路沿线警卫任务，沪宁铁路天福庵段以西由驻江苏部队负责，并强调“要绝对保证红太阳的安全”。惠康华当即意识到这次任务警卫对象是毛主席，心里既激动又紧张，不敢有丝毫怠慢，立即回到连队并通知炊事员提前做午饭。

上午，惠康华召开了全连动员大员，为保密他只好对战士们说：“我们连队要去执行一项特别重要的警卫任务。切记要绝对服从命令听指挥，不能马虎，保证完成任务！”动员会后，战士们立即投入擦拭武器、保养车辆的准备工作。提前开饭后，惠康华和连长率全连 100 多人驾驶几十辆摩托车，按规定的时间和地点出发。刚开始，天上飘着毛毛雨，到达真如火车站后，连队在上海到江苏的铁路沿线两侧排开，几十米一岗。惠康华就在火车站台上指挥执勤。

下午 1 点 15 分许，第一列前卫火车驶过。1 点 30 分，只见第二列火车远远驶来。惠康华当时心情无比激动，他知道毛主席就在这列火车上。他再次提高警惕，不敢有丝毫马虎，同时心里也想，如果能看到毛主席本人该多好。

最终火车疾驶而过，惠康华并没有看到毛主席，但圆满完成了保卫专列的工作。回去后，惠康华才和战士们说，毛主席就在刚才驶过的列车上，大家听了都很高兴。一直到林彪“913”事件的消息传到上海，原来林彪当时有计划在上海到江苏的这段路线上进行刺杀行动，当时的情况可以说十分凶险。惠康华想想很后怕，如果毛主席专列出了事，负责警卫的人员就可能成为民族的罪人。同时他又为能在这危险的时刻保卫毛主席的安全而感到非常光荣。

第二件令惠康华印象深刻的任务发生在 1972 年初，时任美国总统的尼克松访华，中美关系开始解冻。为了让更多美国人了解当时中国普通百姓的日常生活，经中央批准，美国哥伦比亚广播公司专门派了一个电视摄影队，来拍摄“上海人的一天生活”。摄影队深入到上海的工厂、农村、学校、商店等，将上海的工人、农民、学生、商人等各个人群从早上到晚上做的所有事情都一一用摄像机记录下来，摄影队甚至一大早就到市区的弄堂里，拍摄老百姓早上倒马桶的场景。最后摄影队提出想要拍摄解放军战士的一天，因为之前解放军在美国人民的眼里一直是洪水猛兽，所以想让美国人民看一看真实的解放军是什么样子的。中央和军委反复研究，最后同意了拍摄队的请求，但从保密角度考虑，不好安排他们进入军营内部，而是把部队拉出去参加社会活动让他们拍摄。6 月的一天，当时惠康华担任摩托营副政委，上级就决定他以连队指导员的身份，带领摩托营一连去嘉定的一个公社帮社员割麦子，让美国摄影队随行拍摄。

那天一早，惠康华带领一连驾着四五十辆摩托车来到嘉定，和战士们一起帮社员割麦子。美国的摄影队就在一旁拍摄。这是惠康华和战士们平生第一次和外国人打交道，而且摄影队里有一个美籍华人，听得懂中国话，虽是个男人却留着披肩长发，所以那一天惠康华心里有些忐忑，一天都不敢乱说话。中间休息时，惠康华带着的事先安排的四五个新老战士在田头和摄影队座谈。在座谈会上，惠康华不卑不亢，如实回答了美国人的提问。摄影队几乎向每个人都发问道："你们为什么要当解放军？"惠康华说："我们从小就很崇拜解放军，觉得他们是英雄，一人参军全家光荣。而且解放军是大学校，可以学到很多东西。"摄影队问道："部队一天都干什么事？生活待遇如何？"惠康华有条不紊地介绍了解放军部队紧张有序的生活，包括起床、出操、军事训练、政治教育、助民劳动、站岗执勤等内容。摄影队还对解放军官兵一致、干部战士服装统一很好奇，当时解放军尚未恢复军衔制，他们感到不可思议。惠康华向他们解释：区别是有的，战士军装上衣只有两个口袋，军官上衣有四个口袋。摄影队看了哈哈大笑，好像发现了解放军的秘密。遇到敏感问题，惠康华则根据上级的规定，没有正面回答，而是巧妙地将问题化解。最终惠康华圆满完成了任务。

惠康华 2001 年在上海警卫局退休，他从一名普通战士成长为班长、排长、连指导员、直属营政委、团政委、武警上海指挥学校政委，最后担任上海警卫局政委，一步一步走向领导岗位。由于时代的发展和岗位的变化，接到的任务和面对的挑战也各有不同。但服从命令听指挥，克服一切困难，坚决完成任务，不辜负上级的信任，在惠康华眼里，是一个解放军战士永远不变的使命。

（陈文备）

陈明德
爆竹声中守护平安

每年春节，退休多年的陈明德和家人们吃团圆饭，享受天伦之乐时，还是会情不自禁地想起自己大年三十全副武装彻夜守候在消防站中的场景……

陈明德 1951 年出生在上海，1971 年 3 月应征入伍，进入上海市消防总队。1971-1986 年陈明德在基层中队服役，其间先后担任过班长、副中队长和指导员。

陈明德的消防中队位于上海奉贤。七八十年代，上海的发展刚刚起步，奉贤的社会结构还是以农村人口为主。火灾也主要发生在农舍、猪圈、仓库等地方。当时已经发展起一些工业，但是工厂面积普遍不大，而且生产工艺简单，所以和城市火灾相比，灭火难度比较小。但在奉贤服役期间，陈明德也需要面对各种困难和挑战。

消防队的训练十分艰苦，队员们不仅要进行高强度的体能训练，还需要接受各种消防专业训练和考核，尤其重视在非正常时间段和复杂环境气候条件，如夜间、大风、雨雪、高温、有毒条件下的训练。因为只有这样才能在各种情况下迅速及时完成灭火救灾任务。陈明德刚当指导员时，消防队里的新兵大部分都是上海本地人，很多都是初中毕业后应征入伍的。城市里长大的孩子，共同特点是吃苦精神比较欠缺。那时战士们每天的伙食费只有 4 角 5 分，虽然不至于饿肚子，但也吃不上什么好东西。在这种情况下还需要每天进行高强度的枯燥操练，许多小战士心里有了想法，经常以“头晕”“肚子疼”为借口，不按时起床，迟到早退，到了晚上则不按时就寝，甚至偷偷跑到城里去看电影。尤其是夏天队员们需要在酷暑中穿着厚重的消防服完成各种训练科目，小战士们难以忍受，出现了逃避训练的情况。陈明德自己也是城市兵，从最基层一步步过来，他能够体会到小战士们的感受。于是他主动找到小战士，给他们做思想工作。同时对枯燥的训练计划适当调整，让小战士们能够循序渐进地接受消防队的训练方法。后来又引入了城市兵们比较受欢迎的文化学习课程。在陈明德各种方式的努力下，小队员们逐步克服了自身缺乏吃苦精神的问题，融入了消防队大团体中。陈明德和小队员之间也建立起了深厚的战友情。

1986 年，陈明德离开基层中队，先后调任消防总队后勤部给养处副处长、第五支队后勤处长、副政委和第三支队支队长，一直到 2000 年退休。消防工作的重心也从郊县农村转向了市中心。上海作为世界上首屈一指的特大城市，临场救援的复杂程度和平时消防监督管理的难度，都和之前在农村时的情况不能同日而语。记忆最深刻的还要数每年的农历大年三十。“爆竹声中旧岁除”，到了大年三十，家家户户都会燃放烟花爆竹，迎接新年的到来，这是一千年来中国人的传统。但大部分市民不知道的是，每年的大年三十，全市的消防官兵们都彻夜全副武装，守候在各自的消防站中，随时等待灭火救灾的任务。大年初一的早上，陈明德回家和家人团聚时，每次都能看到黄河路两边积着鞭炮燃放后留下的十几厘米厚的垃圾。事实上，上海每年的年三十那晚，都会有几百次因燃放烟花爆竹引起的小型火灾发生。正是消防官兵们的默默守护和及时救灾，使上海人民度过了一个又一个祥和的新年。

在消防队服役的这三十年里，在陈明德值班期间没有发生过一次大型火灾事件。陈明德说，在全世界同等规模的城市中，上海的火灾发生率一直保持在比较低的水平。这要归功于城市的科学规划管理和防火监督的社会化。从20世纪八十年代中期开始，上海每年都会开展119防火宣传日活动。2016年起，上海外环线以内全面禁止燃放烟花爆竹。这项规定能够贯彻执行，说明市民的消防安全意识比几十年前有了显著的提高。

陈明德的儿子追随了父亲的脚步，从廊坊武警学院毕业后也进入上海消防队，工作了十余年。陈明德常对晚辈们说两句话，一要珍惜现在的安定生活，因为那背后有太多看不见的无名英雄在默默付出；二是一定要找到自己的信仰，并为之奋斗终身。

（陈文备）

陈明德带领消防战士在街头为民服务

费朝林
50年前全市人民向他学习

1968年11月30日，秋高气爽的一天，在崇明岛的一片洼地里，上海警备区某部的战士正在练习实弹投掷。不料，险情发生了。一个新战士投掷时，拉了弦的手榴弹从他手里滑落下来，“嗤嗤”冒着烟，在地上打转。当时费朝林作为连里的文书，负责现场记录成绩，就站在新战士一边。不远处的营长高喊：“卧倒！卧倒！”费朝林背后就是两尺高的掩体，卧倒很容易。手榴弹从拉弦到爆炸只有4秒！眼看着战友的生命遭遇危险，费朝林毫不犹豫地冲上前去，抓起手榴弹，可还没等他扔出去，手榴弹在他手上爆炸了。费朝林右手炸断，右边臀部被炸出20厘米见方的一个洞。

身负重伤的费朝林被紧急送到部队卫生队，他失血过多处于昏迷状态。崇明没有血库，从部队指战员到地方百姓到正在崇明农场锻炼的外地大学生，怀着对英雄的崇敬之情，都赶来献血。三四天后费朝林情况稍稳定，部队用登陆艇将他送到上海解放军85医院，但这时他还没有脱离危险。

经过救治，费朝林脱离了危险，但右手断掉只能装上假肢，右侧坐骨神经炸断了，缺损很大，接不上，100多块碎弹片留在了身体里，大的有手指甲大，小的如绿豆大。每逢阴雨天，就痛得厉害。手虽断脚也失去知觉，但经常会觉得绞痛，医生说这是幻觉性疼痛。

费朝林出院后，部队给他记一等功，任命他为连队副指导员。费朝林依然坚持和战士们一起进行军事训练，右手没了，他就练习用左手射击，经过无数次刻苦训练，他的左手射击成绩甚至超过了一些用右手射击的战友。费朝林的英雄事迹也在上海和军队的媒体广泛报道。上海警备区在1969年2月5日发出通知，要求所属各部队广泛深入地开展宣传、学习费朝林同志的活动，号召学习他“一心为公，干革命不掺半点私的共产主义精神”，学习他“英勇顽强，临危不惧的英雄气概”。随后，向费朝林同志学习的活动推广到全市。

1965年，19岁的费朝林怀着一颗红心，入伍当兵，年年都被评为“王杰式”的五好战士，入伍第二年就光荣入党。那个年代军人的思想洗礼，就是要“完全”“彻底”地“斗”去头脑中的“私”字，全心全意为人民服务，为了祖国的利益人民的利益，随时贡献出自己的一切。所以，当手榴弹即将爆炸危及战友的生命时，在那电光火石的一刹那，费朝林非常果断非常自然地扑了上去。彼时毫无二念，事后也毫不后悔。

受伤几年后，组织上调费朝林到85医院，当内科副教导员。当时内科没有正教导员，费朝林全日制上班，工作的担子不轻，费朝林也从不以英雄自居，从不因为自己身体伤残而放松要求。当时医院考虑到他腿脚不便，去警备区开会会派车接送他，可院里只有一辆公务车，费朝林看着别的同志都是步行去开会，自己却要战友开车送，心里特别不自在。他想到了学自行车，可是右腿无力很难掌握平衡，更无法支撑着地，费朝林不知多少次重重摔倒在地。膝盖磨破了，裤子摔烂了，可他就是不气馁，当终于能骑着车外出开会时，费朝林开心极了。

在他1996年退休前，他在院务处负责后勤工作，还负责院的三产工作，退休后又留在三产的岗位上干了好几年。当时医院三产摊子铺得蛮大，有电子厂、节能灯厂、饮料厂，还有招待所。节能灯厂有很多产品出口，有一次跟外商签订的合同，在工期上来不及了，外方觉得厂里这次是赔定了。费朝林7天7夜一线督工，硬是在约定时间内交货，避免了 60 万元左右的赔偿。

费朝林属于三级伤残，目前生活基本能自理，但长期的伤残也给他带来很多疾病，他患有糖尿病、心脏病、腔梗，自觉体力大不如前。平时，他喜欢在电脑上下象棋，运筹帷幄间，仿佛回到了刚当兵的那会儿。

（桂志华）

费朝林在工作中从不以英雄自居

李洪顺
情怀不改关怀永在

李洪顺的人生轨迹在他33岁的时候，因着一场意外而发生了巨大的转折。他因为抢修部队电报站的天线，从相当于5层楼的高处摔下来，第七第八节脊髓断裂，肚脐以下再也没有过知觉，现为三级伤残军人。

在那之前，李洪顺出生在旧社会，小时候吃了不少苦，父亲随奶奶逃荒到上海，一家好几口人靠父亲踏三轮车、妈妈卖小菜维持生计。但入伍以后，李洪顺还是蛮顺当地从普通一小兵，成长为要塞区守备嵊泗的电报站站长。李洪顺入伍没多久连里就推荐他去学习收发电报，本来学电报起码要初中文化，李洪顺只读到小学五年级，指导员很看好他：小李肯定行的，头脑很好的。

确实，李洪顺脑瓜好，又好学肯干，业务能力强，很快他就入了党。李洪顺驻守的嵊泗属舟山群岛，夏季多台风，意外就发生在1973年的一次台风过境时。12级台风把接发电报的天线刮断了，海岛上部队接发不了电报，就犹如一个人瞎了聋了。这可不行！李洪顺等风势稍有减弱，就决定抢修天线。抢修工作需要爬到差不多5层楼高的地方，李洪顺觉得比较危险，没派报务员上去，想着自己是站长，有危险自己上。他摔下来的时候直接昏迷了，部队派登陆艇把他送到上海二军大。

李洪顺昏迷了一星期，医院发病危通知给部队。他醒来得知自己一辈子都站不起来的时候，万念俱灰，头直往墙上撞。部队首长来看望他：“小李，太可惜了太可惜了！”“没关系的，当

爱人对李洪顺的照料几十年如一日

兵就是这样，活着就是干，好好地干。”李洪顺眼里噙着泪却反过来安慰首长。

后来，李洪顺南京、苏州、无锡、北京多方求医，但始终无效。李洪顺的爱人徐凤秀无怨无悔地照顾他四十多年，李洪顺大小便都没有知觉，小便靠插导尿管，每天要冲膀胱、吊水，每天晚上要翻四次身，曾经是赤脚医生的徐凤秀悉心照料。徐凤秀身体也不太好，前两年查出肺部有肿瘤，动了手术。

李洪顺因公致残，组织上对他的关怀始终不断。1989年他到上海，部队派了个军医跟着照顾。来到军休所后，李洪顺更得到了无微不至的关心。他经常要去医院看病，军休所的领导和工作人员每次都把他背下楼又背上楼，就诊时抱着扶着。2004年的一天，李洪顺突发高烧，全身抽搐，血压高达220，情况危急。所领导管启文带着几位同志，护送李洪顺连去几家医院，都未予收治，所领导紧急致电区政府总值班室，得以住进市八医院，医院请来美国专家会诊，制定完备的手术方案，一流专家主刀，手术成功。事后医生说：“李洪顺的主动脉堵塞已达85%，因抢救及时幸而逃过一劫。”接下来，组织上又减免了他的住院费。区委书记等领导也在百忙中来看望慰问他。

至今李洪顺已经在病榻上度过了46载，80岁的他面色红润，话音响亮，腰背挺直，还保持着军人的风度。他说的最多的一个词就是“很满足”。“要不是党、部队、各级领导和同志，早就没有我这个人了。”许多知道李洪顺的人都说他活到现在这是个“奇迹”，而创造这一奇迹的既有李洪顺顽强的生命力，有家人的付出，也有组织的关怀。是的，作为一个军人，为党和国家奉献过牺牲过，党和国家就一定不会忘记你，会给你温暖和关怀。

（桂志华）

周志坚
壮丽河山的空中卫士

已过半百的副师长周志坚最后一次驾机升空，飞机平稳地跨过高山和河流，祖国壮丽的山川今天在周志坚眼里，变得格外柔情，他俯视着，心中升腾起一股热流。再见了！再也不能将你一览入目，今后只在梦中重温！

三十多年的飞行生涯，两千多小时的飞行时间，熟悉的跑道，熟悉的山脉缓急的坡度，熟悉的河流蜿蜒的走向，虽然在一次次的任务中，并没有可以分散的精力，去从容地细看这山河多娇，但是，一次次起飞、降落，沉淀的，是守卫大好河山的决心。

周志坚 1934 年出身于江西广丰一个极其贫困的家庭，4 岁上他父亲就去世了，当时没有钱落葬，十多年后才七拼八凑借钱买了一副棺材下葬。家里真是上无片瓦下无寸地，靠租地种菜维持生活，每天只能吃两顿。少年时，国民党经常来抓壮丁，母亲不得不带着他们兄弟两个躲来躲去的。总之，解放前的日子过得又穷苦又艰难。

周志坚冬天生的，家里人一直叫他“冬狗”，后来仅读了一年私塾，老师给他取大名“周志坚”。懵懂中，周志坚知道自己应该有坚忍不拔的志气和毅力。他的一生就是这么去努力的。

解放了！山村处处洋溢着喜悦。15 岁的周志坚也当上了小民兵，每天跑进跑出，有着使不完的劲，他羡慕那些穿着军装的战士哥哥。1951 年，各地号召为抗美援朝踊跃报名参军，周志坚在乡里听到这个消息，一下子就激动了，他瞒着母亲报了名，母亲

年轻的飞行员周志坚，眼神中透出坚毅

知道小儿子走了，在家里哭了三天。

周志坚先在陆军待了一年，正逢空军来挑人，他各项条件符合入选。去长春航空预校报到的时候在上海中转火车，第一次走出山村的周志坚既新奇又兴奋，兴奋的是他想到今后将驾着飞机，去到祖国的天南海北各个地方。抑制不住内心激动的他在南京路附近的小旅馆住了一晚。

经过阶段学习和苏联顾问的指导，周志坚后来分配到驻上海的空四军，飞歼击机，在虹桥机场服役 15 年后，部队调到了广州军区。周志坚热爱飞行事业，刻苦钻研技术，遵守飞行纪律，在飞行队很快就成长为飞行尖子。打空靶，经常是部队命中率最高的。驾驶歼击机连续安全飞行 1793 小时后，获得二等功。这些都源于他坚忍不拔的毅力和志气，“千方百计要比别人飞得好，别看我没文化。”他常把这句话挂在嘴边，文化程度不高并没有成为他飞行的掣肘，反而是他向上的动力。

周志坚心气高，技术全面，心理素质也强。一次，执行任务，战鹰列队起飞，周志坚是 4 号机，升空以后发现自己飞机故障，作为僚机，按规矩他不能轻易吭声。当高度要再往上升时，他判断自己的飞机会出事故，他报告了情况，地面指挥下令：返航。周志坚沉着冷静，关掉发动机，用目测和准确的判断安全降落，后经检测，飞机确有故障。

还有一次，已是副师长的周志坚带队进行复杂气象训练，一架飞机先升空观察气象情况，在空中报告说比较难判断，周志坚自己驾机起飞，刚升起一两百米，他立刻判断出马上要变天，下令在机场的飞行员都停止飞行准备，并直接指挥还在空中的那架飞机，不要飞过塔台直接下降。等战友安全着陆后，周志坚开始降落，就差 200 米高度的时候，倾盆大雨狂泻而下，底下的战友都替周志坚捏了一把汗。周志坚正确操作，安然无恙地降落，也成功避免了全队升空后险情的发生。退休后，周志坚一直是家里和左邻右舍的气象预报员，根据草丛中露水、云的形状和飘移速度等自然现象，以及经验，他可以比气象台预报得更准确。

周志坚也永葆着党员干部的本色，他跟支部书记说，自己年纪大身体不好有的活动可能来不了，但有什么募捐，一定不要忘了他，他一定要参加的。一次军休所按规定发放了一笔款项，周志坚无论如何都不收，他说自己不困难怎么可以收国家的钱，最后，他把这笔钱募捐给了区慈善基金会。

周志坚和爱人情深意笃。他们最初是亲朋介绍相亲的，第一次见面，爱人在虹桥机场外等他，他穿着飞行服，帅帅的。爱人说，当年军人就是百姓心目中的英雄、偶像。后来，两个儿子也挺崇拜父亲的，他探亲回家，儿子说，爸爸你一定要穿军装到学校来接我。

（桂志华）

王挺若
牺牲随时会来

王挺若1935年出生在河南内黄，1953年入伍，分配在当时的华北军区防空军保卫科，一年后，到上海炮校政治队学习。那真是一个激情燃烧的岁月，仅以王挺若在炮校学习的1955年为例，3月，毛泽东在中国共产党全国代表大会上提出，要在几十年内在经济上赶上或者超过世界上最强大的资本主义国家，第一个五年计划开始实施。6月，越南国家主席胡志明访华。9月，中国人民解放军首次授衔，10位解放军的领导者和缔造者被授予元帅军衔。11月，毛泽东为人民英雄纪念碑题词："人民英雄永垂不朽。"这些都激励着年轻的军人王挺若。两年学习毕业时，正好空军高炮八师在天津组建，王挺若到政治部保卫科工作。在理想的感召下，王挺若成长很快，他担任了高炮22团汽车连副指导员，一年多后为正指导员。当时正值全军开展"四好连队"活动，经过整顿作风，连队面貌大变，被评为"四好连队"，王挺若和连长都受到团党委表扬。几年后王挺若成为营的政治教导员。

1964年8月5日，美国借"北部湾事件"，发动侵越战争，同时，美军飞机也不断地侵入我国海南岛地区和云南、广西上空，投掷炸弹和发射导弹，打死打伤中国百姓和解放军战士，威胁中国安全。1965年4月，越南劳动党请求中国支援，中国向越南派出支援部队，实行国际主义军事援助。由于形势需要，援越的解放军都着越南军人服装。

当时解放军实行轮战制，为熟悉战场情况，王挺若在1966年底到了前线，在高炮二师见学半年。战争的现场还是非常令人震撼的，几乎每天打仗。美军经常采用大规模空袭，密集的飞机群几乎把天空都遮住了，且使用杀伤力大的钢珠子母弹、气浪弹和蝴蝶弹，我方医疗队的女兵，每天在河里洗大量的绷带纱布，常常洗得半条河都飘着鲜红的血水。

1967 年 12 月，王挺若所在的高炮八师二十二团一营奉命入越作战，王挺若第二次从友谊关经过，这次任务更重，因为他是一个营的主心骨，既要完成防空战斗任务，也要在面临诸多的困难和险恶环境时拿出应对方案，还要关注战士们的心理和身体健康。面对移交的战场，战士们看着弹痕累累、硝烟和血迹尚在的阵地，王挺若首要的任务是引导战士正确对待生死问题。他从自身的体会出发和战士们谈心，战争中必然会经历两个阶段，一开始死亡这么近地猛然出现在身边，总归会紧张，但随着每天的炮火相伴，慢慢见惯了，生死问题就考虑不多了。王挺若白天和战士们一块儿学习、训练、战备防空，晚上查岗查哨，帮助战士们盖被子，整理蚊帐，他根本睡不了什么安稳觉。次年三月的一天，王挺若营的炮瞄雷达遭美机“百舌鸟”导弹攻击，雷达车厢体部分受损，五名战士负伤。“百舌鸟”是美军飞机专门攻击雷达的当时最先进的空对地小型导弹，首先用于越南战场。好在王挺若出色地完成了战时的部队管理和思想政治工作，他们营没有出现更多的状况，13 个月后，他们回到了国内。

后来，王挺若到师部保卫科当副科长，高炮八师和上海的高炮二师换防，王挺若随部队到了上海的空四军。这时，发生了一件意外，改变了王挺若后半生的人生轨迹。1976 年，正逢农业三抢的时节，空四军在五角场种有稻田，王挺若和战友在晒场上用棍子抵着，推稻草小跑向前。晒场就在那时的江湾机场，旧跑道坑坑洼洼不平，棍子突然顶到前方一个坑，一下子顿住了，而王挺若正干劲十足地使着力，棍子一下子戳进王挺若肚子里，他被战友紧急送到长海医院。经诊断，肠系膜断裂大出血，胰脏也受了伤。

王挺若不得不休息了几年，后来正赶上百万大裁军，部队征询他意见，他的身体状况转业很困难，他尽管一万个不愿意，也只能选择退休，含泪离开了他倾注了心血的部队，告别那熟悉的环境熟悉的人，他的心情五味杂陈，难以言表。王挺若先在部队落实政策办公室工作了两年，随后被空四军生产经营办公室聘请为空四军印刷厂厂长，经过与全厂职工的共同努力，第二年扭亏为盈，第三年被经营办评为先进企业，王挺若也受到通令嘉奖。他受伤的肚子平时一蠕动，或受什么牵连，或活动量略大，就会疼痛。只是他身体外观看不出伤残，所以他的伤残等级只是八级。

王挺若的爱人也是军人，退休前在部队医院工作，现在身体也不好，两人互相照顾。王挺若每逢一三五就到军人活动中心，和同伴聊天。往昔的影像，不断萦绕在脑海里，现在导弹发展起来了，他的高炮在如今的战场上也派不上用场了。属于王挺若的光荣与梦想，在他41岁的时候戛然而止。他知道，这就是军人，牺牲随时会来，只要被激情燃烧过，被理想感召过，别的，都无怨无悔。

（桂志华）

1967年入越作战时的王挺若，
身后是他们用茅草搭的住所

龙三凡
战机已然飞过

龙三凡1995年停飞的时候，46岁，已经在空中累计飞行2700小时。世界上大多数空军飞行员的服役生涯中，能飞2000小时就已经很不容易了，这需要20年的飞行生涯才能累积到，之后也差不多就因飞行年龄到了而停飞了。而龙三凡要不是因为当时得了高血压，也许他的飞行时长可以突破3000小时。

在龙三凡安全飞行800小时的时候，他荣立三等功；安全飞行1500小时，又荣立二等功。这已是殊为不易，要知道，在飞行员中选拔宇航员人选的时候，有一个要求，就是安全飞行时间要达到1000个小时。

龙三凡是共和国的同龄人，1965年当兵，身体条件不错，被空军招走，进了保定空军第二航空预备学校，成为一名飞行员。后来，龙三凡知道，中国工农红军的第一位飞行员叫龙文光，一样的姓，这也暗暗激励着小龙，要成为新中国空军优秀的飞行员。在学校里，龙三凡表现优异，很快就光荣地加入了中国共产党，1968年，夜航大队来航校要三个技术好的飞行员，龙三凡通过选拔，被夜航大队挑走了。

1971年龙三凡又调到空军航空兵第24师，驻扎在河北遵化机场。24师担负首都北京空中警卫的重任，这可是一支具有光荣传统、战功卓著的蓝天劲旅，后来从这里走出了马晓天、丁来杭两位中国人民解放军空军司令员，著名的八一飞行表演大队也隶属于该师。

战鹰即将起飞

2019 年，龙三凡在雁荡山

即便在虎将云集的24师，龙三凡仍然有着优异的表现。1978年，在全空军的曲线空靶竞赛中，29岁的龙三凡30发30中，奋勇摘下第一名的桂冠。曲线空靶是航空兵难度最大的飞行训练科目，这一练习在空军史上出现的事故较多，飞行中，既怕飞机经受不住航炮震动，又怕撞靶。龙三凡犹记当年为了准备这次竞赛，他们师专门拉到内蒙古集训半年，他卯足了劲，刻苦训练，沉着出赛。当天，天气状况不错，龙三凡驾驶歼6战机，呼啸着直插蓝天，他尽可能地缩短攻击距离，缩小角度，当最后一发炮弹射出，他感觉自己成了，在机舱内挥了挥拳头。那天，在龙三凡眼里，在从天而降的靶标是竞赛场的一道风景，宛如披纱的仙女从空中徐徐落下。全军第一名的殊荣又给龙三凡带来一个三等功。退伍多年以后，在部队的每次聚会上，许多当年的师首长和战友，看见龙三凡都会竖起大拇指："龙三凡，你的技术是可以的！"

精湛的技术和长时间的安全飞行，不是靠运气就能得来的，这都和龙三凡的刻苦训练、精心摸索、博采众长分不开，是智慧和胆量的结合。有一次，龙三凡预备降落的时候，突然起落架放不下来，后来知道是被飞虫尸体堵住了。他沉着应对，把速度增大，向地面俯冲，又突然抬起，在巨大的冲力下起落架冲了出来，化险为夷。还有一次，发现空飘气球，之前曾有过台湾情报部门施放气球来刺探情报之事，那次虽然被我们空军打下来了，但我们的战机也是出现了险情。"空靶冠军"龙三凡奉命起飞！他不负所望，打下了空飘气球，降落后，大伙儿围上来纷纷祝贺。只是后面搞清楚了，这并非台湾的气球，而是中国科学院大气研究所用于科研而放的，事前没有和空军打招呼，造成了一个美丽的误会。

龙三凡前几年得过脑梗，记忆慢慢地离他而去，只是，天空未留痕迹，战机已然飞过。

（桂志华）

傅远华
魂牵梦系蓝天深处

“我爱祖国的蓝天，晴空万里，阳光灿烂，白云为我铺大道，东风送我飞向前。金色的朝霞在我身边飞舞，脚下是一片锦绣河山。”傅远华每听到《我爱祖国的蓝天》这首歌时，仿佛又回到了那梦幻般的天空，那是几十年与战友们一起翱翔蓝天的峥嵘岁月。

傅远华1968年入伍，次年空军从陆军选拔飞行员，傅远华是团里少数几个被选上的，赢得战友们羡慕的眼光。他先是辗转了两个航校，系统地进行文化补习，航空理论学习。在校期间，他积极参加了各种组织活动，助民劳动、修机场、挖坑道，等等。傅远华能吃苦求上进，他明白所有的这些培养和锻炼，就是要把大家锤炼成思想好、纪律严、作风硬、技术尖的特殊人才。四年后，辛勤的汗水浇灌出成熟的果实——毕业了！傅远华犹记那一刻无比激动的心情——我即将成为一名蓝天卫士！

傅远华来到15军的独立运输团报到，15军可是上甘岭作战的部队，在光荣的传统和安全重如泰山的使命下，傅远华开始了全新的生活。如何确保飞行安全，唯有“地面苦练，空中精飞”。傅远华整天与飞机上成千上万的数据打交道，日读夜背，连吃饭睡觉也想着。傅远华第一次单独执行任务是在一个风和日丽的晴天，他心里有些紧张，随行的机组同志——领航员、通讯员、机械师和副驾驶都给他打气：沉着、冷静、果断，一定能完成任务。在他们的鼓励配合下，傅远华顺利完成首飞。

傅远华也无例外地碰到过各种突发事件。70年代当时东南沿

年轻的傅远华，英勇威风

海局势紧张，上级命令傅远华把一批前线急需物资空投到某地。这天天气条件不理想，下着细雨，云层较低，能见度也较差，又刮起侧风。前不久也有一架部队直升机在天气条件差的情况下飞行，不幸撞山，机毁人亡。机组对于能不能安全准确地把物资投放到指定地点，心中不是很踏实。执行任务前，傅远华和机组同志研究各种复杂情况的预案。飞行中大家精力高度集中，都把眼睛睁得大大的，有的瞭望前方，有的死盯着仪表盘。不时有气流冲击，飞机颠簸得很厉害，傅远华紧紧握住操纵杆不敢有丝毫马虎。最终由于机组准备充分，配合密切，圆满完成了任务，机组受到通报嘉奖。

90 年代的某一天，傅远华接到路线长又多山的运输任务，按常规他事先做好了飞行预案，沿途经过的机场方位、呼号、跑道长度一一熟记在心，以防不测。当飞机快到目的地时，右侧发动机突然停车，飞机开始向右倾斜，傅远华沉着地重新启动，但没有成功，飞机随时都有撞山的危险。傅远华心里明白，一定要冷静地按规范处置，他一面报告塔台，一面把操纵杆向左压，尽力让飞机保持平稳，机组同志也积极配合，在大家共同努力下，终于化险为夷安全降落。机组也荣立集体三等功。

在傅远华军旅生涯的三十多年里，安全飞行七千小时，先后荣立集体三等功三次，个人二等功一次，个人三等功一次，他也曾荣获空降兵部队“十佳优秀飞行员”，并获得了空军飞行最高荣誉奖章——金质奖章一枚、银质奖章一枚。傅远华圆了他的蓝天梦想，那些鹰击长空穿云破雨的日子，至今仍让他魂牵梦绕，难以忘怀。

（桂志华）

牛致裕
无名英雄

在延安根据地时期，毛主席多次亲临电台，他说："中国革命是伟大的，需要无数的人民英雄，有些是有名的比如朱总司令，有些是无名的比如你们。"周总理也形象地说："中央委员 + 电台 = 党中央。"用无线电波架起的"空中高速公路"，保障了军队信息传达的及时和通畅，而牛致裕就是秘密织就"空中高速公路"的无名英雄中的一员。

牛致裕 1934 年出生于山东，抗美援朝开始后，国家号召青年学生参加军事干校，建设现代化的国防军，牛致裕积极响应号召于 1951 年初入伍，分配到华东公安部队（上海警备区前身）干部学校预科学习一年，后被东海舰队机要处招走，培训后分配到舟山基地司令部机要科，从事密码通信工作。1958 年调到东海舰队司令部机要处任机要参谋，后任机要处副处长，1984 任东海舰队司令部作战指挥自动化办公室政委。

牛致裕一生都从事机要工作，虽无需冲锋陷阵，但却是部队的"顺风耳千里眼"。一字之差血流成河，一字之错全军覆没，牛致裕深知工作的极端重要性，他苦练出一身过硬的本领，成为业务尖子。他能顺利准确地成全电报，50 年代无线信号弱，加之 1955 年报务员实行义务兵役后，技术不够熟练，抄收的电报错误很多，需要机要人员根据电码的前后逻辑性，凭借经验来判断并加以改正，当然要改之有据。1969 年他被下放到"五七干校"接受贫下中农再教育，有同事提出牛致裕业务好不宜去，有的干部说，离开了牛致裕地球就不转了？同事答，转是转，就是转得慢一点。一个细节，但管中窥豹，可见牛致裕在同事们心目中的位置。果不其然，很快，牛致裕次年就从“五七干校”回到了工作岗位，是当时下放的干部中唯一官复原职的。

1980 年我国第一次进行洲际导弹“东风五号”发射试验，中国海军护航编队成功执行了测量、打捞回收和护航任务，18 艘舰船进行的远航是我国海军彼时最大规模的远洋军事行动，三个舰

参军不久的牛致裕

队均有舰艇参加。4月28日，测量船编队和护航编队按照特种混合编队，从舟山集结地启航出发，5月12日抵达预定试验海域。参试人员战胜了高温、晕船等困难。在整个编队活动期间，澳大利亚驱逐舰“11号”妄图驶向弹着区，我131舰多次劝告无效，即阻拦其航向，并予以警告、严重警告，周旋了近两小时后澳舰离开。在打捞数据仓的同时，发现弹着点上空有两架美国飞机在50米超低空盘旋，并投下声纳浮标提取海水。如我方发现和打捞数据仓迟缓，数据仓确有被美机劫走的危险。另外，澳大利亚“GT203”号训练舰和新西兰“莫诺威”号打捞船分别被我106舰和108舰盯死，未能进入试验区。牛致裕参与了这一任务的全程，他负责东海舰队参试舰艇的密码配备、机要人员调配，保证了护航编队顺利完成任务、洲际导弹成功发射。牛致裕也因此荣立三等功。

牛致裕的工作保密性极强，连自己的孩子也从未进入他的办公室。他保守机密可谓慎之又慎。为人也低调，不轻易抛头露面。哪怕是退休离开了工作岗位，也是谨言慎行。牛致裕明白，这一战线，如果是英雄，那也是无名英雄。如果有胜利，那一定来自严肃的态度、严格的纪律和默默无闻的努力。

牛致裕两个女儿都很有成就，其中小女儿是成果丰硕的画家。牛致裕工作基本上在宁波东海舰队驻地，而爱人带着两个孩子在上海，孩子从小就全托，星期六妈妈接回家，一辆自行车一前一后坐着，在清脆的自行车铃声中，女儿也会想起父亲，父亲的形象遥远而模糊，唯有思念的画笔，在记忆中不停地勾勒，才会慢慢清晰……

（桂志华）

邵新尧
扁担的两头

1980年5月18日，赤道以南南太平洋海面，我国第一枚洲际导弹从西北发射基地发射，以超出音速20倍的速度，从天而降，发着极其耀眼的光芒，一头扎进海里，激起200米高、30米直径的水柱，海水也像开了锅似的沸腾起来。远处，担任海上测量、控制、通信和打捞回收任务的远望号向指挥部报告，导弹落点误差250米！这远远低于研制部门提出的两公里的误差指标。从我国到南太平洋，对飞行9000余公里的洲际导弹来说，这种射击精度，相当于用步枪击中千米之外的一个乒乓球，或用手枪击中百米之外的一只蚊子。远望号船上一片沸腾欢呼，人群中就有邵新尧。

邵新尧随即回到了轮机长值班室，33岁的他是该船的副轮机长，负责全船动力、机电设备的正常运行。为了今天这载入我国国防科研史册的发射，邵新尧高度紧张地昼夜工作着，从出发到返航，连续45天。

1965年18岁的邵新尧入伍，服役于北海舰队驱逐舰一支队。他好学肯干，很快就成长为副部门长。一天，他们的舰船停泊在码头，早晨出操的时候，船上仓库突然起火，战士们奋勇往里冲去救火，谁知进去一个昏倒一个，连着六七个。邵新尧跑回房间，戴上防毒面具，冲进仓库，找到着火点把火扑灭了。邵新尧出来的时候头非常晕痛，被送往医院，因为仓库里都是油漆，毒性非常强。正是邵新尧的不怕牺牲、沉着冷静、果断处置，防止了舰船爆炸，邵新尧因此荣立三等功。

1978年邵新尧调到当时隶属国防科工委的江阴23基地，担任远望二号船的副轮机长，是船上最年轻的部门干部。远望一号、这里二号是我国第一代综合性航天远洋测控船，满载排水量2.1万吨，当时正在上海建造，邵新尧前往船厂熟悉船上的各项设备，并接船回基地。

作为轮机部门干部，必须具备迅速、果断、准确地分析故障、判断故障并及时排除故障的能力，因此要熟知船上所有系统。邵新尧刻苦自学了相关理论知识，做到几百台设备的性能、工作原理、故障排除都了然于心。作为科学考察船，远望号相较于军舰，雷达天线特别多，因此船的上部重，航行时稍微控制不好很容易颠覆，所以对风向、重力的研究也需要很深的功夫。

航海者，需要意志坚强、反应敏捷、胆大心细、刻苦耐劳、豁达乐观，这种性格与精神只有在常年的航海实践中，在风浪洗礼中，才能得到磨练与塑造。邵新尧在远望二号船上，多次远征大洋，圆满完成了多项重大海上测控任务。

船上的生活单调而艰苦，只要船离开码头，邵新尧总是值最辛苦的凌晨0点至4点的班，工作、睡觉、工作，睡觉也是为了保证更好地工作。夏天高温，很多设备是金属的，表面温度有60多度，手摸上去都能起泡。

邵新尧在远望二号上立了3次三等功。一次在任务备航检查中，锅炉风机突然烧坏，邵新尧主动请求任务，组织拆卸电机，后又将电机连夜押送上海，为检修风机赢得了时间。修理期间，邵新尧现场解决问题，电机检修好后，又不顾连日劳累，组织安装，保证了远望二号船按计划出海，为“331-3”任务的顺利完成作出了贡献。

邵新尧后来调到修船处，负责物资采购，买地盖楼，上亿的项目一手经办。在负责经营部队“三产”时，儿子考上大学，一个建筑商老板送来雀巢咖啡礼盒，晚上又专门致电邵新尧说，咖啡不要送掉，自己喝哦。邵新尧知道里面有花头，打开一看，5000元现金夹在中间。第二天邵新尧马上将钱连同咖啡送回去。邵新尧的经营准则就是，不搞歪门邪道，不拍领导马屁，不落自己口袋，这样晚上睡得踏实。

邵新尧1976年由熟人说亲而认识后来的妻子，一位上海姑娘，他第一次去女方家，挑着一根扁担，正是这根扁担让丈母娘一眼就看中他，觉得他淳朴。邵新尧可谓是一根扁担挑走上海媳妇。只是成家后，始终忙于工作的邵新尧家、国难以两全，扁担的两头只能顾一头。妻子生孩子时他没法陪伴在旁，儿子出生后他一天也没有带过。1980年那次去南太平洋，出发前，邵新尧把身边半两粮票一分钱都掏出来，交给妻子，但因为任务高度的保密性，邵新尧只对妻子说了一句话，你注意看报，报上有消息了，我就安全回来了。妻子天天看报纸，一天比一天心焦，到了第28天，报上有消息了，第一颗洲际导弹发射成功，妻子心里悬着的大石头才终于落了下来。

（桂志华）

担任副轮机长时的邵新尧

金馨馥
为部队节省开支的采购员

金馨馥1929年12月生在一个工人家庭。日寇侵占上海时他当过童工，抗战胜利恢复读书直到高中二年级肄业。国民党挑起内战，父亲失业，他辍学直到上海解放。

金馨馥1950年2月参加上海技术协会新民主主义青年团并被报送华东团校学习培训，培训期间他被华东防空军征招，入上海防空司令部通信处发信台当调配员，次年空防合并他又被调入华东军区空军司令部通信处器材科当采购员。

当时中华人民共和国刚建立不久，百废待兴，各种物资非常缺乏，其中以通讯器材尤为紧缺。旧社会遗留下来的私人企业只能生产一些有线电话机用的接扦件，汽柴油机、电话机、自行车、摩托车、发电机等都没有办法制造。那时友邦苏联支援的设备和零配件，尚未运到。此时唯一能利用的，只是国民党撤退时遗留下来的残缺设备和零配件。

金馨馥当采购员期间，充分发挥自己的特长，不辞辛劳深入邮电部门等清仓物资委员会仓库，在残缺、杂乱的零配件中寻找可拼装利用的东西，无偿调拨或廉价售给部队维修使用。

金馨馥在当采购员期间为空军通信部队建设做了一些工作，如为福空导航连购买改装通信车，节省费用160余万元；为空军通信修配厂维修汽柴油发电机解决零配件；又为空军通信工程部队和雷达部队无偿调拨线担和同步马达，节省军费共计200余万元。

30 岁的金馨馥（后排左一）与南京军区空军足球队队友

金馨馥在遗体捐献纪念碑前祭扫他爱人

金馨馥一贯积极工作，处处为人民利益和节省国防经费着想，先后荣立三等功两次，二等功一次，荣获“空军英雄模范功臣代表大会纪念章”一枚和南空直工部奖励金笔一支。

金馨馥热爱足球运动，他曾代表南空足球队参加全空军足球运动会荣获第三名，个人被评为国家二级足球运动员。

金馨馥与爱妻单六青均为共产党员，曾双双填写意愿身后要捐献遗体用于医疗科研。其妻因患胰腺癌已于 2013 年 3 月 13 日病故，实现了遗体捐献。为了表达对遗体捐献者的敬意和纪念，上海市红十字会在青浦福寿园树立了遗体捐献者的纪念碑，单六青的名字被镌刻在上面，金馨馥每年都会前去祭扫，在那里寄托无限的哀思。

（陈文备）

张建忠
苦乐相随

“苦不苦，想想红军两万五。”这句部队里的常用语，像影子一样，跟随了张建忠一生。

记不清是谁第一个对他说这句话的，也许就是一入伍新兵连那个王班长？张建忠 1972 年 12 月入伍，新兵集结后即响应毛主席“拉练是个好办法”的指示，背起三四十斤重的背包，开始了从陕西宝鸡到甘肃平凉的长途拉练。200 多公里路，翻了 3 座大山，遇到了两场大雪，走小道走了 5 天。第一天走下来，腿灌了铅一样，脚上起了泡。每天晚上他都要把泡挑掉，张建忠记得王班长笑着对他说，我们是炮兵，炮兵是不怕泡的。张建忠被逗乐了，一时忘记了疼痛。下大雪时，雪往脖子后面灌进去，休息的时候，背都不敢往后靠，因为雪水和衣服都结成冰了，一声吆喝“出发了”，也说不清是热还是冷的，站起来就走。到平凉后，新兵连睡的是地铺通铺，伙食又差，小米饭经常是生的、糊的，蔬菜几乎没有，训练强度又大，张建忠军旅生涯的第一堂“吃苦课”让他终身难忘。

1978 年底，张建忠到火箭炮二连任副指导员，当时连队正在 21 军的华阴农场执行两年的生产和训练任务，他赶到连队的当晚，就和战士们下地冬灌。3 万多亩麦地，进入冬季，要给小麦灌水。天寒地冻，张建忠和战士们 24 小时守在田间地头，来回巡逻，疏通水路，堵塞漏洞。大家渴了就喝口凉水，困了就地打会儿盹，满腿泥水，寒风刺骨。一到夜晚，冬灌场面十分壮观，星星点点的马灯，在漆黑无边的田野里来回游动。

转眼6月，到了麦子收割的季节，必须在短短的十多天里把麦子抢收归仓，否则的话，丰产不丰收，白白辛苦一年。张建忠连队担负的是晒场任务。农场30多台联合收割机不分昼夜地工作，麦粒不停地运往晒场。全连官兵就像一部高速运转的机器，卸车、摊麦、翻晒、收麦、装包过磅、扛袋码垛，一人一天工作18个小时。180斤重的麻袋张建忠扛起就走，一天不知要扛多少袋。晒场上，最怕的是天有不测风云。麦子摊晒后，大家刚有个喘息休息的机会，老天却说变脸就变脸，飘来乌云。于是，大家又强撑开合上的眼睑，奋不顾身地冲向晒场聚拢麦子盖上遮挡物。谁知老天只是开个玩笑，乌云并没有带来降雨，等云散了，麦子又得摊开。老天毫不怜惜战士的劳作，大家只能来回折腾。超强度的劳动，加之高温暴晒，常有人累昏在晒场。

农场生活也有欢乐的时候。一次上游强降雨，导致河堤决口，洪水倾刻间漫过大片土地，也冲毁了不少鱼塘。战士们把河堤堵住后，跳下去把夹杂了很多泥土的河水搅浑，鱼被呛得直往水面上跳，大家争先恐后地捕捞，两天时间，抓到300多斤。炊事班长是江苏句容人，鱼做得特别香，大家着实美餐了几天。

两年的生产任务结束，连队受到表扬，张建忠个人记三等功，但由于连续的重体力劳累，他的椎间盘受损。

1984年，张建忠从作战部队调入了正在组建的某预备役高炮师，任宣传科干事，1991年任宣传科长，1995年任兰州市城关区武装部政委。这时的苦，又是另一种苦了。当时的宣传科缺编，只有张建忠和一名战士报道员，工作任务十分繁重，加班加点到凌晨是经常的，节假日更是很少休息。院子里，别人不知道张建忠的名字，但一定知道他女儿的名字，因为女儿放学后没有大人带，一直在院子里玩，很晚才被加班回家的父母接回去。由于工作成绩突出，张建忠连续多年被评为优秀党员、先进干部，宣传工作一直受到省军区表扬。1992年，张建忠又荣立三等功一次。1998年，

张建忠 1980 年在华阴农场驻地

常年的劳累，让张建忠的心脏出现了问题。

能啃书本也是一种会吃苦。张建忠当年参加全国自学考试，第一批拿到大学文凭，后来又通过国家司法考试。

对于一生中大大小小的苦，张建忠并不介怀，他相信经过那么苦的生活，以后苦点累点也就不往心里放了。他觉得自己是普通一兵，在平凡的岗位上能尽心做好平凡的事情，那也是一种贡献。张建忠对部队有很深的感情，他的父亲也是一名军人，自己在军营里长大，南昌起义、秋收暴动、二万五千里长征、抗日峰火、解放全中国、抗美援朝……我军的光辉历史，他耳熟能详。张建忠从小就盼望能成为一名戍边的战士，一剑荡平漫卷的狂沙，一骑独行唱阳关三叠。

张建忠读中学的时候，父亲早出晚归，有时候好几天都见不到他。每晚九十点钟，父亲才回来，到小孩的房间里来看看他们，坐在孩子的床头抽支烟。张建忠迷迷糊糊地醒来，借着明灭的烟头看见父亲静默的身影，只是幼时的张建忠无法知道，这如山的静默中包含着的艰辛、隐忍和用心才能捕捉到的快乐。

（桂志华）

郑森来
底拉山上的电波永不消逝

底拉山上发出的电波，讲述了一段永远铭记在郑森来心中的往事。

郑森来出生在司马迁的故乡陕西韩城。1958 年，还在读高中的郑森来决定参军入伍。1959 年，郑森来在五十四军一三四师四〇二团做通信兵，部队接到命令后便从青海五道梁进入西藏，参加平叛作战。当时西藏军区机关被叛匪包围，情况十分紧急。为了解除军区的危难，郑森来和全师战士们乘卡车日夜兼程赶到拉萨。一路上郑森来出现了高原反应，呼吸困难，每隔几秒就需要做一次深呼吸。但行军路上根本没有时间做高原反应的处理，这些困难只能靠自己的意志去克服。

到达拉萨后不久，郑森来又随部队经过林芝县，最后到达边坝地区参加剿匪。在一次战役中，郑森来所在的一营奉命翻越海拔6000多米的底拉山，从山上向下冲锋，包围土匪。由于山势陡峭，再加上大家对当地的地形不熟悉，冲锋的过程充满了危险。但战士们都很勇敢，义无反顾地冲了下去，结果很多战士负了伤，郑森来身上穿的棉衣也被磨成了布条。但更要命的是，营里和上级联系的三台无线电台在冲锋的过程中全都摔坏了。这样一来，部队失去了和上级的联系，变成了孤军，随时都有可能被敌人反包围。郑森来作为营里唯一的无线电技工，立即对三台电台进行了抢修。根据平时所学的相关专业知识和自己的临场判断，郑森来用了半个小时不到的时间就将三台电台全都修好了。一营重新和上级取得联系后，配合其他部队协同作战，一举消灭了盘踞在当地的土匪，缴获了大量的武器装配。郑森来也因成功抢修电台获立了三等功。

在边坝平叛的过程中，还有一场战斗让郑森来记忆犹新。那次，当地的老百姓报告发现了土匪的踪迹。郑森来所在的一营轻装前去剿匪。没想到在半路上和敌人的大部队遭遇。当时匪军有好几千人，而我们全营只有三个连，一百七八十人，很快便被敌人包围了。这一仗打得非常惨烈，全营在断粮的情况下，在大山中坚持战斗了三天三夜。从营长到通信兵全都端枪参加了战斗。当时敌人占据了所有的制高点，我们为了抢占其中的一个山坡，就牺牲了好多同志。那时有一个名叫郑西中的通信人员，和排长一起冲上山顶。敌人发现后便朝着两人不断射击，两人完全暴露在敌人的火力之下。这时，在两人面前有个只能容纳一个人的石坑，躲进坑里就有生还的希望，否则凶多吉少。排长为了保护通信兵，坚持让郑西中躲进去。只见郑西中二话不说，直接一把将排长推进坑里，自己随后便中弹倒下了。当时郑森来就在不远处，这一幕他看得清清楚楚。战斗结束后，郑西中被战友们找到。当时他的肚子开了一个大口子，肠子露在外面，都结成了冰；面部被子弹贯穿，整个左边脸都没有了。战友们立即对他进行了抢救。这时他看到郑森来，两人同为通信兵，感情深厚，郑西中想要叫他的名字，却只发出了含糊不清的“呜呜”声。郑森来的眼泪止不住地流了下来。

最后，师部通过电台知道了一营的位置，一面从其他地方调部队过来支援，一面派飞机空投物资补给。郑森来的部队这才撑过了最艰难的三天，最后成功突围，并俘虏敌军近千人。整个营也因为在这次战斗中的英勇表现获立集体三等功。在西藏平叛战役中，这是唯一一次全营立三等功的记录。战斗后，郑森来到团部汇报情况，回来看到牺牲战友的尸体一排排放在那里，心情久久难以平复。

那场战斗之后不久，领导找郑森来谈话，让他去后方军事学校培养通信人才。当时郑森来告诉领导说他不愿回去，而想要继续待在连队里，因为老战友们牺牲了许多，他不愿抛下战友们，自己一个人回去。领导们做他工作，说后方的部队建设更需要他，最后他才勉强答应，依依不舍地告别了战友们。

从西藏出来后，郑森来先后到成都军区北碚文化学校、长春机要学校学习。1962 年被分到南京军区机要局，从事翻译电报的工作。如今郑森来已经退休，离开西藏平叛战场已经整整 60 年了，但当年和战友们并肩作战的场景他仍然历历在目。底拉山上发出的电波，永远都不会消逝。

（陈文备）

在南京军区机要局工作时的郑森来

周仲光
夕阳无限好，何叹近黄昏

素有“花中之王”“国色天香”美誉的牡丹，也是国画中的经典题材。周仲光70岁以后研习国画，尤擅长牡丹。富贵天香的牡丹在他笔下，或奔放豪爽，或气韵典雅，都表现了花开季节的灿烂和美好，洋溢着蓬勃的生命力和对生活的美好祝愿。

周仲光1958年高中毕业后被选送到海军机械学校（现海军工程大学）学习，入校前，去东海舰队六支队护卫舰上当了一年轮机兵。1966年毕业分配到海军装备部上海求新造船厂任军事代表，一干就是25年，1989年12月宣布退休，2003年离开单位。

1970年，我国自行设计建造具有较高水平的第一艘大型海洋破冰船，周仲光参与监造和质量检验验收工作，并参与海上破冰实验，在海上度过了一个一生难忘的寒冬。70年代是我国自行设计和批量建造具有较高水平的猎潜艇的黄金时期，也是周仲光军代表工作的黄金时期。他前后参与十多艘猎潜艇的监造检验验收工作和技术改造项目，在工作中不怕苦不怕累严把质量关。一次海上实验，周仲光发现有一台12缸的柴油主机已有四只气缸存在不同程度的损坏，他认为必须停止实验返厂检修，但厂方持不同意见。作为军方代表必须保证质量第一，在周仲光的坚持下厂方同意回厂检测。检测下来，必须更换五只气缸，这样，他用事实说服了厂方，更重要的是阻截了一场严重事故的发生。周仲光对工作认真负责，每次海上实验，不管是武器实弹实验还是碰到大风大浪，他都严守岗位，有时因涌浪太大血都吐出来了也是无怨

周仲光旧照

无悔，始终视军检工作为己任。正因为如此，周仲光在代号为“037”的猎潜艇监造过程中取得了一定的成绩，作出了贡献，受过奖，立过功。

退休了，人生的航船是黯然返港，还是依旧乘风破浪？每个人就是自己生命航船的船长和舵手，周仲光决定以乐观的心态，继续远航。他说，回忆起来，当年正是人生第二春的开始。他先去地方企业工作了八年多，之后，他给自己定了一个信条：活到老学到老，知足常乐，健康是福。

周仲光开始培养自己的兴趣。当时电脑开始普及，他就去老年大学学习，从基础操作一直学到各种应用软件，图像处理、多媒体制作、网络通信等，他学得艰苦扎实，还当上了电脑班的班长。他学以致用，在网上与亲友聊聊天、购物、订票、网上找国画名师学画等。他也经常写文章，通过《军休天地》这个平台与大家切磋交流。

周仲光还喜欢摄影，通过相机寻找生活中的美。还修复整理老照片，制成光盘，想到时打开看看，时而似回到了童年时又面见了爹娘；时而又回到了工厂码头，时而又上了军舰冲浪在波涛之中，火红的年代，飞扬的青春。每每心潮澎湃感慨万千。电脑软件也为集体生活带来不少乐趣，集体出游、新春茶话会，周仲光都用摄像机录制成碟片，集体活动时给大家播放，让因故没能参加活动的老同志一样能感受快乐。

2005 年开始，周仲光参加了老年大学国画学习，勤学苦练十余年，画艺不断长进，多次参加市、区级展出，2012 年荣获民政部“全国军休干部纪念建军 85 周年书画作品比赛三等奖”。画画是周仲光的最大业余爱好，他说，画画的最大好处是：可以卸除消极的心理负担，获得心理平衡，从而保障心理健康。

周仲光常说，工作时奉献给了部队，奉献给了国家，尽了一个党员一个军人的职责，退休后虽然没有了以前那种轰烈和荣耀，但是同样感到舒心和自豪。选择了做自己喜欢做的事并投入进去，深化了技能，陶冶了情操。虽然随着年龄的增长，健康情况急转直下，85 年来没有住过医院的周仲光，2018 年就住了两次。即便是这样，他也不觉得生活是沉闷的。人生只要有所爱，有所坚持，有所包容，终能宁静致远。夕阳无限好，何必太在意它是否临近黄昏呢？

（桂志华）

冯兴昌
欣于所遇快然自足

82 岁的冯兴昌书法行草习王羲之，骨格清秀，行笔飘逸。所谓“书贵瘦硬”，已入杖朝之年的冯兴昌也是瘦而硬朗的身材。

冯兴昌出生在浙江义乌的穷苦家庭。外公是秀才，很聪明。母亲也很聪明，外公讲古典名著她一听就懂，只是封建社会母亲没机会识字读书。遗传了母亲一系的聪颖，冯兴昌自幼喜欢读书，初中功课很好，又是三好学生，得以保送有名的金华一中，大学考取浙江大学内燃机专业，1964 年毕业，德智体都好，被海军招入。工作的绝大多数经历，是担任海军装备部驻厂的军代表。前面十几年运动多，知识分子是“臭老九”，抬不起头来。三中全会对冯兴昌的触动大，他卯足了劲拼命干，正好四十出点头，精力也行，就想办法要把“文革”的损失夺回来。1988 年冯兴昌立了一次三等功。当时一艘竣工的“037”猎潜艇，前道都检查过了，冯兴昌上去仔细验查，发现滑油舱渗透进水，他的认真避免了灾难的发生。1991 年冯兴昌退休。

冯兴昌是个有深谋远虑的人，他在五十岁的时候就思考退休以后该干些什么。他们三兄弟，尽管另外两位文化程度都不高，但字都一致写得很好，朋友同事有什么红白喜事，都找他们兄弟写字。所以，1985 年的时候，冯兴昌就开始拿起毛笔习书法。冯兴昌做事还有股韧劲，一旦提笔，就不管是出差、旅游、生病，从不停止，随身包里常年装着笔墨。有一次住院开刀，只当天没有写字，第二天他就用笔蘸着清水写起来了。冯兴昌一开始写楷体学欧阳询，小楷一写十年，差不多有一百万字。

冯兴昌退休后和几个朋友合办了一个修船公司，赚了点钱，只有一个女儿，家庭条件还可以。冯兴昌觉得钱够用就行了，多了也没啥意思，所以八年后，尽管生意很好，他还是选择退出了公司。冯兴昌思考问题的角度也蛮特别。他相信赚钱靠能力，用钱靠智慧。他在想到底留什么给后代。古人讲，清贫好过，富贵难熬。不是有了钱就是好事情。金钱留给小辈，他们可能就好吃懒做，不努力了。所以要留点精神产品，物质财富是基础，精神财富是灵魂。

退出公司后，冯兴昌集中精力写书法。他先在中国书法家协会培训中心学习4年，有老师指导，提高得很快。2006年他成为上海市书法家协会会员。他学习书法艺术各方面的理论，怎么起源的，每个朝代都有哪些大书法家，身世、风格如何。他深入研习古代字帖，每个字都争取学会，结构、用笔，为什么这样写。把这些都琢磨透了，就能拿过来，根据体会运笔，无形中好像有人告诉自己，这个字应该怎么写。但是越琢磨，也就越觉得写字是最难的，爱好是基础，坚持是关键，天赋是提高老师指导、交流不可少。书法很深奥的，它甚至还需要文学的支撑。

冯兴昌居住的徐泾镇有一个社区书法班，二三十个学生，大部分是外地老人，来沪照顾孙辈的。他们来学书法，只要自带笔，纸墨都是社区提供的，冯兴昌就做义务辅导员，教无不尽。过年时义务给居民写春联，四五个小时不停笔。

冯兴昌还习了一项绝活，就是在大木头上刻字，这在上海只有几十个人会。用凿刀在40公分见方的木头上刻，这需要书法功底，空间概念、立体概念都得相当强。2013年韩国办国际刻字展览会，参展的5国1000幅作品中，我国250幅，上海7幅，其中就有冯兴昌的作品。在家属和好友支持下，2017年11月，冯兴昌还在静安文化馆，办了一次书法、刻字、扇面作品的个展，为期 4 天，得到参观者好评。

现在的冯兴昌，365 天方向很明确，时间用得很充足，生活质量也高，不会感到无聊。接下来，他准备在山水绘画上下功夫。按冯兴昌的说法，现在什么都够了，就是时间不够。冯兴昌的晚年，恰如他最欣赏的大书法家王羲之在《兰亭集序》中所写的：欣于所遇，暂得于己，快然自足，不知老之将至。

（桂志华）

在大木头上刻字是冯兴昌的拿手绝活

叶正朝
文武双全的政工师

叶正朝1946年出生，1969年2月由江苏泰兴入伍，被分配到上海警备区守备一师工兵连。由于专业技术过硬，各方面表现突出，当年7月提副班长，9月加入中国共产党，年底任班长，1971年3月提任排长。工兵连除了自身业务外，主要任务是负责模型制造和工事打筑。叶正朝随连队转战浦东浦西，从热闹的市区，到偏僻的郊野，都留下了他们的身影。他们打地铺、睡工棚，日夜奋战，止不住的汗水湿透了冬天的棉袄，少不了的蚊叮虫咬算是盛夏的"犒劳"。一船船黄沙水泥，一车车石子钢筋，全靠他们手提肩扛，一座座掩蔽部、车炮库、指挥所在他们面前诞生。

叶正朝1972年初调守备六团特务连任副指导员，在没有连长指导员的情况下主持连队工作年余。在工兵连任排长和特务连任副指导员期间，他曾连续三次担任警备区司令部特种兵处工兵教员。

1974年叶正朝调警备区政治部联络处任干事，主要从事对台湾的宣传工作。当时上海由于没有成立"对台办"，相关工作主要由上海警备区政治部联络处负责。在联络处工作的四五年中，叶正朝联系地方上纺织、化工、轻工、机电、冶金、文化等局和上海市总工会、上海市体育委员会相关单位，编写了大量以反映上海建设成就为主要内容的稿件，先后被中新社、中央台对台部、福建前线广播电台及海外十多家华文报纸采用。

1978年，领导以恋爱对象年龄小为由，让叶正朝回守备六团炮兵六连任指导员，当时已32岁的他相信有情人终成眷属，并未

“勤于思考，善于归纳”，是叶正朝工作的特点

背上思想包袱，而是不计较个人得失，全身心投入连队的各项工作。熟悉情况的人都知道，炮兵六连的前身是守备五连。叶正朝作为指导员、党支部书记，一方面加强政治教育，另一方面做好耐心细致的思想工作，打消大家的顾虑，带领团结支部一班人，与战士们一起摸爬滚打，就连一周一天的休息也很少回市区的家。在叶正朝和他的那些战友们的共同努力下，经过几年的奋斗，连队面貌焕然一新。营区冬有青，夏有阴，春有花，秋有果，这在当时的六团小有名气。连队被评为先进连队、先进党支部、先进团支部、文化学习先进单位，在乒乓、篮球比赛获团体冠军，还得了炊事班警备区野炊比赛第一名。

1982 年至 1986 年，叶正朝因年龄关系未能提升营教导员，而调一师政治部宣传科任副营职干事，继而被任命为五团宣传股长，五团改武警后又调上海警备区干部学校任副营职干事，负责干部高中班的教务。在此期间叶正朝主要为部队的文化学习、提高部队干部文化素质做了大量不为人知的工作。

1986 年底，叶正朝调中国人民解放军上海县人民武装部，1987 年随武装部集体转业，1989 年调闸北区人民武装部，先后任科长、副处级调研员。在人民武装部工作的十年间，叶正朝在专武干部管理，民兵、预备役人员的政治教育，精神文明建设，宣传报道等方面多有建树，尤其在通讯报道方面成绩显著，先后多次被南京军区、上海警备区有关部门评为先进个人，获一等奖九次，闸北区人民政府立功一次。

在部队和地方的实际工作中，叶正朝体会到他虽是 1966 届的老高中，但还必须不断提高自身的文化水平，才能适应时代的需要。在基层连队，无论是工兵连、特务连、守备连、炮兵连；在机关，无论是团部、师部、警备区政治部、警备区干部学校、警备区教导大队；在地方，无论是县武装部、区武装部，他都没有忘记这点，光购买的学习工具书就有上百种。20 世纪 80 年代初开始有全国高等教育自学考试，他 1983 年就报考了华东师范大学中文专业。让他始料不及的是，1991 年也就是时隔八年才拿到了梦寐以求的大学文科毕业证书。这期间他虽然先后换了四个单位，而且实现了部队到地方的转换，工作的重压、家庭生活的负担、学习的艰辛都没有让他放弃过。当然了，功夫也不负有心人，叶正朝将自己的文化优势应用到工作中去。二十多年中，他先后在《解放军报》《人民前线报》《东海民兵》《上海国防》《解放日报》《文汇报》、中央台、中新社、福建前线广播电台、上海电视台、上海台等多家媒体撰写和编发各类文章 300 余篇，工作调查报告、论文 20 余篇。

叶正朝 1996 年随武装部回归部队退休。他从一个普普通通的战士提升为干部，经历了从市区到郊区，从郊区到市区，从部队到地方，从地方到部队，从正规军队到地方武装部，从基层多个连队到军、师、团三级机关的多次工作调动。近三十年的军旅生涯，他都能不计较个人得失服从组织的分配，在每个平凡的工作岗位上认真履行自己的职责与义务，发挥他最大的潜能，干一行，爱一行，勤勤恳恳为人民服务。

（陈文备）

王达伟
最坚硬的面条

或许有人会说，人到老年，更多的应该是内心平和，淡泊处事，然而对于王达伟来说，66 岁的他，依然保持着年轻时的激情和冲劲。前不久，他作为主力中锋，刚刚率领“战友队”获得钓鱼城杯全国中老年篮球比赛 60 岁组的冠军。他依然享受着汗水、掌声、呐喊声相互交织的乐趣。

在王达伟上中学的时候，正逢“文革”交白卷光荣的年代，课堂里学不到东西。他个子比同龄的孩子高一头，每天打篮球，被上海市少年集训队看中，叫去训练，但家庭成分不好最后没要他。没有更多的出路，1971 年王达伟入伍，到驻扎在贵州的陆军 41 师，进了师篮球队。刚到部队的时候，伙食差，战士吃什么球员也吃什么，没有优待。王达伟个子虽高，但身体单薄，在篮球场上，像一根细竹竿在篮筐下晃，师首长叫他“面条”。不过，师首长想不到的是，未来，这也许是世界上最坚硬的“面条”。

第二年，全军恢复体工大队，王达伟被调到昆明军区体工大队。第三年又借调到八一篮球队，有比赛去，没比赛回。成为专业篮球运动员，伙食上去了，但训练真是苦。每天起床号一响，王达伟都痛苦地想，哎呀，今天怎么过啊！就是练到这么苦，练完，宿舍在 3 楼，扶着墙上去，拖着步子走都走不动。行也得练，不行也得练。也正因为经历过魔鬼般的苦练，才能出成绩。如果累了就一边休息，那是出不了成绩的。部队里打球，强调作风。输球可以，作风打出来，那就不要紧。又输球又输作风，那就惨了，回去非得挨骂不可。王达伟强壮的身体、高超的球艺，更关键的意志品质，就是这样练出来的。他打中锋，基本上每场比赛得分都要占到全队的一半。势均力敌的比赛，就是一分一分，咬得住才能获胜，没有意志力的支撑，就垮掉了。

最艰苦一场球，就是二十七八岁那年，代表昆明军区队和八一队比赛。在激烈的对抗中，王达伟一只脚的脚面都翻过来了，疼得不行，但他要求继续拼，打了封闭上场。比赛最后艰苦地赢了对手 2 分。赛后，他的脚恢复了好久，现在脚面这根筋已经凸起并拉得很长了，黄梅天不好受。

还有一场颇令王达伟得意的比赛，就是代表昆明军区队和上海市队，在上海比赛，当时场上还有姚明的父亲姚志源，他代表上海队。比赛是昆明军区队赢了，王达伟兴奋极了，也算出了一口当年上海队没有收他的气。

回忆起过往，王达伟更多的是心有余悸："多少队员，条件比我好，但吃不起苦，淘汰，什么也没有，文凭也没有，只好到社会上瞎混。我们运动员，就是一条道，每个人都会有瓶颈，突破了，就上去了。"

1985 年，王达伟调到上海武警部队，报到的当天，领导就给了他一张飞北京的机票，他被调到武警总队前卫篮球队，当队员兼教练员。3 年后，王达伟回到上海，担任上海武警总队体工大队大队长，全面主抓各支运动队的日常工作。这一阶段也是挺累的，行政事务繁忙，自己还要保持一定的训练量。篮球队有比赛时，王达伟的名字也作为球员报名，交锋时，队员先上，搞不定对手，自己亲自上，往往扭转比赛乾坤。90 年代初，一次比赛拼得膝关节半月板都碎掉。

2002 年武警整编，体工大队撤销，王达伟向部队申请退休。带着 7 个三等功、一次全国优秀体育工作者的荣誉，王达伟和军旅生涯作别。但是，他依然继续着他辉煌的篮球生涯。他加盟顺天篮球队，参加全球华人篮球比赛，屡建战功。后又加入老兵集结的上海战友队，参加全国中老年篮球比赛，往往打完 60 岁年龄组的比赛，又继续打 65 岁组的。依然是像疾风一样出现在对手篮筐下的中锋，依然是每场球砍下全队一半分数。他还受聘为上海建设银行、交通银行、上海质量技术监督局篮球队的教练。其中，建设银行队年年获得上海市银行系统比赛的冠军。每周他都有三四次训练，也感慨现在的年轻人，条件比他们这代人好，但是娇贵，吃不起苦。

在空旷的球场上，“面条！”一声呼喊从最深处的看台传来，王达伟转过头去，加油声仿佛海浪一样向他涌来……

（桂志华）

王达伟（持球者）在场上的拼抢猛如当年

王顺强
竞技场上为军旗添彩

在被队友们抛上天空的那一刻，王顺强想起了老家未满周岁的孩子，泪水再也抑制不住地流了下来……

王顺强 1956 年随父母从山东到辽宁沈阳，因有篮球特长，初中未毕业就于 1970 年被特招入伍到沈阳军区体工队，从事篮球专业，1974 年又调到空军女篮队。打了 10 年篮球后，于 1980 年从一名运动员转为教练员，后来又担任空军女篮队的主教练。

在空军女篮队效力的 25 年间，王顺强与队友团结奋战使空军女篮从乙级联赛打到甲级联赛。甲级联赛是现在 WCBA 的前身，代表了中国女子篮球的最高水平。联赛一共有 12 支球队参加，与现在主客场赛制不同的是，当时的赛制是所有球队在同一时间同一地点集中比赛，有时候甚至一天要打两场球，比赛强度非常大。王顺强在执教的生涯中带领空军女篮参加联赛，连续 6 年获得了前六名的好成绩。尤其是 1982 年，当时作为教练员的王顺强刚刚生完孩子才 56 天，为了备战的需要，就毅然决然地让母亲把孩子带回了沈阳，自己一个人留在北京和队员们一起度过了那些难忘的日日夜夜，进行刻苦的训练，之后的一年都没有机会回家看孩子一次。最终，空军女篮众志成城，在第二年的全国联赛中取得了第二名的历史最好成绩，把当年的“常胜军”八一队逼入绝境，最后遗憾地以 1 分之差惜败。赛后，队员们围在王顺强的周围，将她高高抛向空中。王顺强性格内向，平时不怎么流露自己的内心情感，但想到之前那么多的付出终于有了回报，她也忍不住流

在空军女篮效力的王顺强（前排左二）

下了激动的泪水。

在担任篮球教练期间，王顺强曾培养出一名国际级运动健将、14 名国家级运动健将，带领队伍取得过全国篮球联赛第二名、全军比赛第一名的好成绩，先后为国家队输送五名优秀运动员，为我国篮球事业发展作出了贡献。因成绩突出，王顺强于 1991 年被评为高级教练员。

1995 年，王顺强被调到空军网球队任领队，负责队伍的日常管理和教育工作。很快她便感受到网球和篮球的管理方式截然不同。篮球是集体运动，集体观念特别重要，队员和教练们同吃、同住、同练，出去比赛也是一块儿去一块儿回，大家就像家人一样团结。而网球是个人运动，每个运动员报名参加的比赛各不相同，而整个队伍里只有两名教练员和一个领队，不可能每场比赛都跟着队员一起去，所以队员们都是单独行动，自己出去比赛，平时训练的安排自由度也比较高。再加上当时正处在计划经济向市场经济过渡的特殊时期，运动员如果私下在外面教网球的话，一个小时就能挣三四百块钱，而在队里训练却挣不到这么多钱。在这种背景下，许多队员思想上出现了波动，甚至有逃避训练的现象。

当时整个解放军只有空军这一支网球队，所以这支队伍的成绩直接影响到整个解放军队的荣誉。王顺强深知自己的责任重大，发现逃训现象后，她及时找到相关的运动员谈话，了解他们的真实想法，对他们进行思想上的管理教育，积极探索一套关于在新形势下如何搞好运动员队伍的思想教育工作；同时又向上级提出建议，根据社会实际情况，为运动员争取更好的待遇。后来，队里在基本津贴的基础上提高了运动员的奖金和每天的出勤费，最终基本克服了个人主义和市场经济对队伍的冲击，稳定了军心。王顺强带队期间，空军网球队代表解放军参加了全国第八届、第九届、第十届全运会，获得全运会网球混双亚军、男子单打第二名、第六名的好成绩。此外还多次参加国内外网球比赛，在全国网球团体锦标赛上取得过一次第二名，两次第三名，并获得过澳网青少年女双冠军。为国争了光，为军旗添了彩。

从16岁入伍一直到55岁退休，王顺强的军旅生涯一直没有离开过运动场。其间三次荣获集体三等功，八次荣立个人三等功，先后出访朝鲜、苏联、韩国进行比赛交流。各项工作受到各级领导的关心、支持和好评，为体育事业作出了突出贡献。她收获过胜利后的激动和喜悦，也深知体育竞技的残酷。她常说：“当个教练谁都可以，但是当个好的教练真不容易。”在运动场上耕耘了39年的她最清楚这句话背后的艰辛和酸甜苦辣，39年的运动生涯她无怨无悔。

退休之后，王顺强依然喜欢运动。现在她还在上海老干部网球队打球，每周都要去训练。她说那里九十多岁的老将还有好几个，和他们相比，自己还年轻得很。她为运动而生，为体育而战，为国争光，为军旗添彩！

（陈文备）

第五辑

仁心妙术，兼济普罗

张克宇
“军中华佗”送“瘟神”

张克宇是全军防治血吸虫病技术指导组组长，对军队及地方的血吸虫病防治作出了突出贡献。血吸虫病是一种严重危害人民健康和影响社会经济发展的传染病，在我国流行已有2100多年历史，主要流行于长江流域及其以南的上海、江苏、浙江、安徽、江西、湖北、湖南、四川、云南、福建、广东、广西等12个省、市、自治区。中华人民共和国成立以后，全国上下打响了消灭血吸虫病的攻坚战，从“绿水青山枉自多，华佗无奈小虫何”到“春风杨柳万千条，六亿神州尽舜尧”，经过几代卫生防疫工作者的努力，近年来多数血吸虫病疫区逐步达到疫情控制、传播控制、传播阻断标准。

张克宇1952年出生于安徽寿县，1969年参军入伍，先在南京军区警卫营服役，因表现突出选送至江苏新医学院（今南京医科大学)临床医学系学习。张克宇十分珍惜这得来不易的学习机会，在校期间他勤奋刻苦，不仅西医基础扎实、实习成绩优秀，还主动学习中医理论知识，进修公共卫生课程，以优异的成绩毕业。张克宇学成归队不久，中越自卫反击战打响。中越边境热带雨林湿热异常，蚂蝗蚊虫肆虐，我军战士深受痢疾、疟疾等疾病围绕。在军委指示下，南京军区成立防疫大队，张克宇即调任南京军区防疫大队（后更名南京军区疾控中心），重点参与准备对越作战的防疫工作，后历任流行病科主任、疾病控制科主任。

张克宇在防疫大队的“第一大战役”就是对抗血吸虫病。血吸虫病一直在长江流域广泛流行，对部队官兵的健康危害很大。解放战争时期，大批战士在解放南京、上海的渡江战役中，被长江中的钉螺“袭击”罹患血吸虫病。解放后，部队官兵在涉水训练、施工和抗洪等工作中，也饱受其苦。通过调研，张克宇首先选择南京汤山地区作为攻坚目标，组织指挥消灭钉螺，通过连续两年努力取得了很好的成果。两年间，张克宇精心研究，提炼了多种中草药和植物中的有效成分，成功研发了预防血吸虫尾蚴感染的外用良药“紫香驱蚴灵”，这种皮肤外用药无刺激性、弱致敏性，使用方便，易于推广。“紫香驱蚴灵”相关研究成果发表于军队医学期刊，并获全军科技成果进步二等奖。张克宇荣获军队预防医学基金奖，及“全国血吸虫病防治先进个人”“南京军区中青年科技人才”等称号。

1998 年长江流域发生特大洪涝灾害，百姓有难，子弟兵紧急上阵。抗洪行动，解放军和武警总共投入兵力数百万人次，是渡江战役以来，在长江流域动用兵力最多的一次，仅南京军区就先后有 60 多位将军在抗洪第一线指挥战斗。张克宇当时的任务，就是确保军区抗洪将士不被血吸虫病等流行性疾病感染，他奔波在各抗洪点，“紫香驱蚴灵”也大显神威，南京军区 7 万多抗洪将士无一患传染病，张克宇因此荣立三等功。

张克宇研究如何在源头上防控血吸虫病，他研发了阻拦长江中钉螺的“拦网”，网内有池，池中有药，尾蚴进网就死，网还

张克宇 1998 年在抗洪抢险前线防疫

可以澄清被污染的长江水环境。张克宇因此又一次荣立三等功。

张克宇还是军区各项疾病防控、各种疫情处理的专家。比如霍乱，曾经军区沿海部队比较多，后来经过管控预防，从 80 年代起，军区再也没有人发病，这是相当不容易的，至今印度、越南等国的军人仍会有感染霍乱的情况发生。

1988 年，由于居民生食已被甲肝病毒污染的毛蚶，上海甲肝大爆发，约 29 万人患病，医院爆满。张克宇紧急来沪，在延安饭店的指挥部连续工作 3 个月，防止疫情在军中爆发。2002 年，SARS 疫情在全国的爆发，更是让国人至今回想起来仍心有余悸。张克宇是南京军区“非典”防治的技术总指导。他确定了严格的防控措施，不外出、不握手、不接触，立即找回休假人员，去经过检测确认安全的点采购食物。上海警备区更是重点管控，如临大敌，张克宇的部下全部都派被出去 24 小时监测疫情。所以，尽管军区医院收治了不少地方上的“非典”病人，但军区没有一人发病。

张克宇的爱人是地方上卫生系统的厅级干部，女儿也承父母之业，当了一名医生。女儿是在一个“特困家庭”中长大，很小就过上了集体生活。针对像张克宇这样夫妻工作都很忙的军人“特困家庭”，部队上开设“托班”，接收他们的子女。小孩每周日才回家，也没有寒暑假，只有春节几天回家。张克宇作为军区疾控专家，团以上单位都去过，什么部队驻扎在哪里，人员情况，他都一清二楚，大大小小的传染病波动情况他也需时刻监控。夏季有夏季的病，冬天有冬天的病，任何一个单位有情况，他都要赶过去做分析和控制，所以一年四季都处于忙碌状态，只能委屈女儿自幼就当上了“特困生”。

一生和各类“瘟神”作战的张克宇 2010 年退休时是专业技术 4 级文职 2 级，如今，他仍然忙于各种专业的评审和研讨，为国人的健康贡献着智慧。

（桂志华）

张开智
朝鲜战场上的小卫生员

70 年前，张开智参加了抗美援朝。那段艰苦卓绝的战斗经历影响了他的一生。

1950 年 10 月 25 日，志愿军在朝鲜前线打响第一枪后，张开智立即响应“抗美援朝，保家卫国”的号召，投笔从戎，报考了四川省遂宁军分区医护学校。还在等待开学上课时，就被编入了中国人民解放军第六十军一八一师（皮旅）的战斗行列，作为一名卫生员跟随队伍开赴了朝鲜战场前线。

跨过鸭绿江的第二天，张开智的部队便遭遇到了敌军的轰炸。当时他们昼伏夜行，凌晨宿营在一个小镇的中学二楼。在昏暗的烛光下，只见天花板和地板上布满了弹孔。张开智因行军疲劳，倒在墙边就睡着了。当日下午 4 时许，他突然被剧烈的枪炮声惊醒，急忙翻身坐起，透过窗户看去，发现约 500 米外的火车站被四架“野马式”飞机袭击了。就在这时，其中一架飞机发出刺耳的尖叫声从建筑物的窗外拉升而上，张开智连座舱里飞行员的脸都能看得很清楚。飞机走后大家都挤到楼下的走道上，七嘴八舌地议论各自首次遇袭的感受，到了黄昏时就继续赶路了。

一路上全是正在行军的部队，混杂着赶马车的吆喝声和汽车的轰鸣声，车辚辚，马萧萧，一直向三八线急速前进。突然张开智听到一阵比汽车声还大的声响，抬头一看，只见一架黑色的敌机对着他就俯冲过来，机头两侧不停地闪着火花。未等张开智回过神来，就听到“哒哒哒”的机枪声。他顺势卧倒，只听“哗啦”

一声，有什么东西砸在身边，差点把他砸伤。张开智用手一摸，摸到一串铁链一样的东西，热呼呼的，原来是敌机上掉下的弹夹。

之后的行军中，张开智又遇到了多次轰炸。有一次，部队驻扎在一个村里，到了夜里才敢做饭，可结果还是被敌人发现了。敌机立即发起了攻击。张开智和战士们拿起铁锹当钢盔，一个跟一个跑出营地，往山坡上爬。张开智跳进一个单人掩体，只见四架“野马式”飞机轮番向他们刚才所在的村子攻击。待飞机声消失后，张开智回到村子，发现那里的草房有的倒塌，有的燃着熊熊大火，没剩下一间完好的了。再次出发时，他在黑暗中发现不知从哪里跑出来许多身穿白色衣服的老百姓，一声不响地在地里用铁锹翻土。原来当地的牛都已被敌机打死了，白天又不能耕作，为了不误农时，只好连夜耕作。可见敌人的空袭对普通人民带来了多大的苦难！

张开智当时刚满 15 岁，入朝前只学过简单的急救包扎和止血，入朝后的第一次抢救就失败了。当时一个朝鲜小孩的双手都被敌人的炮弹炸掉了，胸、腹和脸上到处都在流血。张开智急得围着小孩直打转，心都跳到嗓子口了，却不知从哪里下手包扎，因为之前没人教过他多处受伤应如何包扎。结果还未等张开智下手，那个小孩就因伤势过重而死。在之后的几十年里，张开智时常会回想起这个场景。在朝鲜战场上的随军医护工作，让他深刻体会到战地的救护需要有丰富的专业知识、熟练的战救技术，以及必需的药品器材，这样才能减少战友的伤残，挽救更多战友的生命。

1960 年 8 月，张开智带着许多战伤方面的问题，进入第二军医大学学习。当年前线的战地救护经验让张开智在之后的科学研究和临床治疗中受益良多。

在朝鲜战场上，张开智接收的伤员绝大多数都是炸伤，四肢伤尤为多见。当时战地医院基本上无抗菌素可用，抗感染只有靠磺胺粉。春夏季节极易发生气性坏疽这种恶性创伤感染，伤员肢体肿大，皮肤发亮，伤口恶臭，因此而截肢甚至牺牲的战士不少。1972年夏天，当时在八五医院外科工作的张开智接收到一位因翻车而右臂受伤的伤员。一打开包扎带，他就嗅到一股熟悉的恶臭味，同时看到暗黑的血水。根据战地医院里的经验，张开智立即想到这可能是气性坏疽，于是马上取样做相关化验。化验的结果证实了张开智的判断。伤员立刻按气性坏疽处理，最后避免了截肢，也未造成院内交叉感染，伤者也很快就伤愈出院了。

张开智曾经在战地医院给一位胸部伤员清创。他打开胸部处的急救包，见伤口随呼吸血气不停往外喷，还发出“呼噜呼噜”的声音，吓得他顿时不知所措。在一旁的医生一时也不知如何处理，慌忙叫张开智赶快给包起来。后来张开智回想起来，当时如能有一根胸腔闭式引流器，他就能挽救那名伤员的生命。可那时战场上并没有这种器材。于是在担任八五医院的胸外科主治医生后，张开智经过反复试验，最终研制出了一种适于战地救护的“胸腔闭式引流袋”，解决了战地医院缺少引流器材的难题。他也因此获得了科技进步三等奖，记三等功一次。

直到现在，“胸腔闭式引流袋”仍在军内外的医院中使用。自己参加抗美援朝的经历转化成另一种形式，至今仍在服务着战友和老百姓。每思及此，张开智都感到十分欣慰。

（陈文备）

张开智当年在朝鲜战场

张英

不忘初心，无愧此生

1949 年 10 月 1 日清早，在上海街头的建国大游行队伍中，有一位瘦小女学生的身影，她就是刚刚考入上海复兴中学的张英。从那时起她便立下志向，将来要当一名科学家，在科研岗位上为祖国作贡献，并为此奋斗终身。

1950 年底，张英响应国家“抗美援朝”的号召，穿上了军装，进入位于沈阳的中国医科大学学习。原本计划在速成班短期培训后即赶赴朝鲜战场，可没想到入学没多久，张英就患上了肠伤寒合并肺炎，进而发展成脓胸，她在医院里昏迷不醒，生命垂危。后来经过了整整 9 个月的抢救、观察和调养，她才最终恢复健康。这次经历让张英深感革命大家庭的温暖和友爱，体会到医护工作者“救死扶伤，实行革命的人道主义”精神，也坚定了自己学医报国的信念。回到课堂之后，她更加刻苦学习，很快赶上了课程进度，最后以优异的成绩从大学毕业。

1956 年 12 月，张英被分配到兰州军区总医院内科工作，5 年后调到消化科。在这里她治病救人 52 年，留下了无数难忘的回忆。

西北地区自然条件恶劣，生活、医疗物资紧缺，而当时全国政治运动又非常频繁。在这种情况下，张英仍然尽职尽责，勤奋工作，一丝不苟地完成组织交给她的各项任务。

1958 年冬，张英下到部队当兵锻炼半年，与连队官民同吃、同住、同训练。1959 年，刚新婚不久的张英便和丈夫分别，从此开始了长达 13 年两地分居生活。

刚穿上军装时的张英

1964 年夏，兰州连下暴雨，黄河水猛涨。兰州军区总医院北临黄河，地势低洼，随时有被淹的危险。医院紧急动员抗洪抢险，同时兰州军区还派部队来支援，将河堤筑高筑宽，张达志司令员还亲自来督查。张英虽然个子瘦小，却和战友们干着同样繁重的体力活。最终大家齐心协力建起了一条坚实的河堤，保住了医院。后来这条河堤成为滨河路一段，而院内因黄河泛滥而形成的小湖则改建成了美丽的公园，成为兰州市内一景。

1966 年，张英去天水地区参加为期八个月农村社教，与社员们一同劳动。一个多月后被派往公社培训大队当赤脚医生。随后又参加巡回医疗，跋山涉水调查田野材料。第二年春，由于家庭成分的关系，张英在精神和肉体上都受到了沉重的打击，但她仍然坚持勤勤恳恳地做好自己的工作，同时积极申请入党。直到 1979 年，当年“有问题”的亲属被平反，她这才如愿加入了中国共产党。

1969 年初春，张英刚生完第三个孩子不到一百天，又被派到宁夏贺兰山下的黄羊滩参加水利工程劳动半年。她和战友们白天劳动，夜宿帐篷，身受风沙蛇蝎干扰，心里还牵挂着老家的孩子们。由于劳动强度过大，张英阑尾炎急性发作，经过一段时间的治疗才化险为夷。

1970 年，张英被安排到甘肃山丹县巡回医疗，其间参加了位于山丹县医院和军马场医院的多次会诊。

1972 年，在军区领导的直接协助下，张英的爱人调回到兰州工作，从此结束夫妻两地分居 13 年的生活。不久，医院逐渐恢复原来的编制和科室，她也回到了消化科工作。由于两位主治医师先后调走，张英就挑起科内医、教、研的大梁。每天她都是第一个上班，最后一个下班。她在那之后连续两年都获得了书面嘉奖，并在 1975 年秋天正式成为主治医师。

1973 年，张英脱产学习了三个月中医。在之后的临床治疗过程中，张英发现中西医配合治疗有时会有意外效果。于是在完成本职工作之余，张英开始研制中药方子，配制了数个有效散剂在医院应用，同时还整理病案，撰写论文。从 1975 年开始，张英的论文陆续在院刊和《临床医学》《人民军医》《中华消化》等杂志上发表，其中有 6 篇论文获军内科技进步四等奖。30 年间，张英共撰写论文近百篇，在 30 多种医刊上发表；在 40 多个全军、全国和国际学术会议上进行交流，其中主持了 1993 年全军消化会议和 1994 年全国内科肿瘤会议，并在 1987 年全军科技大会上被聘请为“科研可行性研究”评审小组成员。一直到 2004 年，她因病导致右眼摘除，左眼也无法正常阅读，只能就此放下了手中的笔。

2008 年 4 月，张英离开兰州军区总院，与老伴一起返回上海徐汇区定居。在外漂泊的这 58 年里，张英廉洁奉公，尽心尽责，勤奋工作，刻苦钻研，救人无数而没有发生过一起医疗差错与事故。张英常说，自己没有因虚度年华而悔恨，不忘初心，无愧此生。

（陈文备）

江伦发
救护队死亡飞行

1985年5月23日，当时在空军上海第一医院（四五五医院）外科工作的江伦发突然接到通知，自己被抽调到南京军区空军组织的空中救护队，参加对越南自卫反击战的空中救护伤员工作。那时我军正在云南老山一带和非法入侵的越军激烈交火，战斗打得非常惨烈。江伦发知道情况紧急，事关重大，于是立即交接好工作，安排好家庭，和其他12名外科、骨科、脑外科等各方面的专家，一起组成空中救护队赶到了前线的营地。

空中救援队的任务是对前线负重伤的战士进行紧急抢救，等伤员情况稳定后再送往后方医院进一步治疗。营地的条件和上海的医院完全不能比，江伦发和战友们住在简陋的房子里，八九个人睡一个房间。那时他们几乎每天都要救治空运几十名伤员，其中最多的一天达到72人。

7月22日是江伦发一生中最难忘的一天。中午12点左右，他刚吃完午饭，突然接到通知，说前线有一批伤员要空运到这里，全体救护人员立刻坐卡车赶到机场。不久，第一架直升机载着大量伤员降落。大面积烧伤，喉头水肿，呼吸困难，股动脉破裂……身负重伤的战士被一个个抬下直升机，经过一般检查后，危重者直接抬进机场旁边的临时手术室。说是手术室，其实就只是砖头搭起来的小房子，连门也没有，里面只有几十副血迹斑斑的担架。江伦发和其他几位医生在两条板凳中间放一块木板，拿手电筒当灯光，就在这张临时手术台上开始抢救伤员，对一名烧伤休克病人分两组进行手术，一组进行气管切开保证呼吸道通气顺畅，另一组将小腿大隐静脉切开置管保证抢救药物到达体内。

一直抢救到下午 4 点左右，待所有伤员病情稳定后，正准备用直升机运往后方医院时，又飞来了一架满载伤员的直升机。江伦发和全体救护人员也顾不得在高温下休息片刻，继续抢救。

终于将两架直升机上重伤员的伤情全都稳定住了，这时又出现另一个严峻的问题。第二架直升机出现了故障，没有办法再起飞了。也就是说，当时能往后方运送伤员的只剩下第一架直升机。来回要花好几个小时，山区天气阴晴不定，如果遇到雷电、暴雨、低云，不知道要等多久才能起飞。而逗留在这里的伤员，都是一刻都不能耽搁的。规定一架直升机荷载担架伤员 15 人，现在抢救室里有 39 名伤员，如赶不上这次起飞，就有很多伤员延误治疗，可能危及生命，永远回不到后方了。

这是一次无比艰难的抉择，最后大家决定同生共死，39 名伤员一起挤进直升机里，一起飞到后方医院。就这样，江伦发和一名叫钱丽燕的护士，带着 39 名伤员，再加上 4 名机组人员，总共 45 人上了直升机。机舱里面挤得一点空隙都没有。江伦发和钱丽燕还要时刻观察重伤员的情况。遇到突发状况，两人需要在近 150 分贝的噪音下进行交流，唯有对着对方的耳朵大叫。

最终，直升机着陆在开远市陆军医院旁的开远中学操场上。由于刚下过雨，操场上都是泥巴，非常不利于降落，但此时已经顾不了这么多了。陆军医院的工作人员已经提前接到通知，直升机一着陆，他们便将推车推了上来，将伤员一个个接下直升机。江医生和钱护士一刻也不敢松懈，将每个伤员的伤情介绍单慎重地按序交接给陆军医院医护人员。

所有的伤员都平安地移交出去后，直升机载着江伦发、钱丽燕和 4 名机组人员再次起飞，大家这才松了一口气。这时，每个人都把心里话说了出来。原来之前上这架严重超负荷的直升机时，每个人的心里都已经做好了最坏的打算。当晚回到前线的营地，江伦发、钱丽燕和战友们欢聚一堂包了饺子。之后江伦发因此荣立个人三等功，整个空中救护队也立了集体三等功。

从老山前线救治伤员回来后，更加坚定了江伦发钻研医术、治病救人的决心。在去战场前，江伦发曾对院长说：“如果我能活着回来，我还要进修一年骨科。”回来以后，他如愿去了上海市第六人民医院进修骨科，师从于仲嘉教授学习相关知识。

为了改变传统的开刀接骨钢板螺丝钉内固定治疗四肢骨折，在无任何参考资料下，江伦发与人一起研制非金属单侧骨折外固定支架并获得成功，用不开刀方法治疗四肢骨折骨不连接1500多例，获得国家专利和四项科技进步奖，曾被《人民日报》《解放军报》等23家报纸报道，上海电视台曾播放专题片《骨科医生江伦发》，他也因此再次荣立三等功。

如今，江伦发退休返聘仍在第一线潜心研究小针刀微创治疗颈肩手腰腿痛病人，利用新技术使数以千计的骨科病人重新过上了正常人的生活，挽救了很多因病致残即将破碎的家庭。

谈到空中救护队的经历，江伦发说：“那次经历就像是给了我新的生命。从那次到现在过去了34年，我感觉自己就是34岁。我还愿意学习更多的东西，救治更多的病人。”

（陈文备）

江伦发（中）正在检查伤员伤情

周善黎
癌症情报破译者

不论是在部队的机要局，还是在核医学科岗位上，周善黎一生都在破译“敌人”的关键情报。

周善黎1949年出生在一个军人家庭，父亲是开国将军周纯麟。周纯麟参加过红军长征，三过雪山草地，血战河西走廊，后又在抗日战争和解放战争中屡立战功，1955年被授予少将军衔。周善黎在家里的七个孩子中排行老二，也是唯一的女儿，但她没有因此受到父母的任何偏爱。父亲上下班有专车，但周善黎从来没有机会乘坐。幼儿园和小学，她和几个弟弟都是住读的，每个星期六才回家，星期日下午又要返回学校。她家离住读的卫岗小学有十多公里之遥，但父亲从来不准用他的专车接送她们，无论刮风下雨或是严寒酷暑都是如此。

1967年，周善黎参加了解放军，并被分配到某部队机要局工作。当时正值“文化大革命”时期，部队的机要文件有泄密的风险，上级果断决定将原本位于南京的机要单位转移进大别山的深山中，于是周善黎便和战友们一同参与了机要局的基础建设。

和周善黎一同参军的大都是开国将领的孩子，从小没吃过什么苦。但在那里他们没有得到任何特殊照顾，和当地的农民同吃、同住、同劳动。白天除了挑担、抬土、盖房子外，还要参加实弹演练，晚上则要轮流站岗。当地的环境非常艰苦，没有可以通车的马路，只有一条石子路，战士们都是步行进山沟的。晚上睡在烂泥巴搭的草棚里，木床下老鼠到处乱跑，远处还经常传来野狼的嚎叫声。

年轻时周善黎不爱红装爱武装

部队里规定不能吃零食，但是有的新兵才十三四岁，年纪还很小，就偷偷带了糖吃，吃完后又害怕被别人发现，于是特地跑到山上把糖纸埋起来。

经过一年的基础训练，1968年周善黎终于正式进机要局工作。单位的保密规定非常严格，各个办公室之间绝不能随便串门。周善黎在那里工作了三年，很多天天见到的同志都只知道他们是哪个处、哪个组的，却不知道他们具体是做什么的。周善黎所在的组负责每天接收台湾方面的电报，并在当天加以破译。在周善黎进组的前一年，该小组曾经破译台湾电报，获悉国民党军队将派两艘"猎潜舰"出航。南海舰队得到这一情报后，立即派出突击编队，将企图输送敌特在闽南地区登陆、进行袭扰破坏活动的国民党舰艇，击沉于东山岛东南海面。此次战役被称为"八六海战"。机要小组因破译关键情报，荣立了集体二等功。在机要局工作的这三年，对周善黎的成长帮助很大，她也在这段时间内入党并提干。

1970年，周善黎的父亲调到上海任警备区司令。由于父亲的身体一直不太好，母亲希望周善黎能够学医，将来可以多陪在父亲身边照顾他，于是周善黎来到当时位于上海的第七军医大学学习临床医学。

1973 年，周善黎从军医大学毕业后，分配到了上海警备区。那是因为她的父亲到上海后连续动了两次大手术，心脏病频频发作，妈妈十分担心，根据政策他们身边可以留一个子女，才向组织上提出了要求。父亲知道她留在了上海，反而很不开心，觉得女儿还要经受更多磨练，于是利用“职权”，把她分到在上海郊区的一零九医院。这个医院既处在荒郊，又是传染病医院，一般人都不愿意去。周善黎理解父亲让她去那里的用意，是希望她能经受艰苦条件的考验，尽快成长为一名真正的白衣战士。一零九医院有规定，没有结婚的医生一定要住在医院里。周善黎每周星期一到星期六工作，星期天早上查完房，回家探望一下父母，下午再回到医院，几乎把所有的时间都扑在工作上。

后来周善黎被医院选送去进修，学成后调到八五医院核医学科工作。核医学是指放射性同位素、由加速器产生的射线束及放射性同位素产生的核辐射在医学上的应用，可以用于临床的诊断、治疗和医学科学研究，具有灵敏、简便、安全、无损伤等优点。当时国内的核医学研究专家大都是从国外学成归来。周善黎学习了这项先进医疗技术后，迅速将它投入到临床的检测诊断中，破译癌症“密码”，及时发现了许多早期癌症病例，挽救、延长了患者的生命。

周善黎 2008 年退休，退休前夕她参与组建了徐汇军休中心军休干部舞蹈队，并在队中担任团长。舞蹈队是由退休的医务工作者组成的，约有成员 25 人，平均年龄 60 岁，其中最大年龄 71 岁。自成立起，舞蹈队每年在部队联欢活动时都进行汇报演出，还曾荣获过上海市白玉兰舞蹈奖。癌症情报的破译者周善黎，现在正以另一种形式继续为大家服务着。

（陈文备）

赵芳玲
守护青藏高原大动脉

莽莽的青藏高原，绵延起伏，高寒缺氧，被称为“生命禁区”。就在这禁区之中，有一条长达 2000 公里的青藏公路。它是连接内地与拉萨的“大动脉“，是保卫祖国西南边疆、支援青藏地区社会主义建设的战略通道和生命线。而赵芳玲就在这条青藏公路上默默奉献了三十年。

赵芳玲 1951 年出生在陕西富平，1968 年入伍，分配到位于青海西宁的兰州军区第四陆军医院担任卫生员。这是一所三甲医院，每天来就诊的病人都很多。赵芳玲在这里积累了很多临床经验，为她今后在青藏线上的工作打好了坚实的基础。1971 年，赵芳玲经推荐和考试，进入一所医学院校学习，毕业之后再次回到第四陆军医院呼吸内科做主治医生。

由于所学的呼吸内科和青藏高原上常见的高山病密切相关，1981 年，赵芳玲被调到中国人民解放军总后勤部青藏兵站部第三二五医院内科担任副主任医师。刚到那里时，医院正在抢救一个肝昏迷病人。当地的医生因为缺乏临床经验，不知道该怎么处理，又害怕肝病会传染到自己，一时手足无措。赵芳玲在之前的一线医疗过程中积累了相当丰富的临床经验，于是马上主动将病人揽了过来，不顾自己被传染的危险，在病房过夜，通宵密切观察病人的病情变化，作出果断、及时、正确的抢救方案，使患者转危为安。那之后她又接连成功抢救了两个传染病例，获得了领导和同事的认可和信赖。

总后勤部青藏兵站部是一支英雄部队，负责保卫青藏高原的“大动脉”青藏公路。当时全西藏的物资运输、输油管线、西藏军民的生活保障，全都要依靠这条公路。公路沿途一共设有 11 个兵站。赵芳玲和战友们每年都要组成医疗小队，对这 11 个兵站中所有的干部战士进行体检，如果发现有情况严重的，需要及时将他们下送，确保每个沿线官兵的生命安全。

当时，一个上线医疗小队由五六名医护组人员和一名司机组成，赵芳玲长期担任医疗组的负责人。医疗小队配备两辆卡车，一辆载人，一辆载设备。青藏公路全长 1937 公里，小队往返一次需要 45 天。当时还没有高压锅，水烧不到 100 摄氏度，饭永远也煮不熟，所以一路上大家只能吃各种罐头和压缩饼干充饥。不过青藏线上最大的挑战还是高海拔带来的高山病。公路全线平均海拔在 4000 米以上，随之而来的就是头痛、腹胀、没有食欲、四肢无力，有时还会流鼻血。大脑浑浑噩噩的，每天最多只能睡着两小时。一开始怎么都没办法入睡，赵芳玲只能把氧气瓶放在房间里，缓解缺氧状态，这才能够勉强入睡。

整个青藏线中，海拔最高的地方是唐古拉山顶，达 5231 米。这是医疗小队必经之路，每次上山顶前，司机都需要特别检查车辆，一定要做到快速上山，快速下山，绝对不能抛锚，否则全车的人都有生命危险。医疗队的每名同志也需要确认自己的身体没有任何异常。因为在山下就算只是小感冒，到了山顶也会演变成肺水肿，导致呼吸衰竭；或者演变成脑水肿，导致昏迷。

医疗队的人尚且如此，长期驻守在兵站的战士，其艰苦和危险程度可想而知。沿线官兵因长期坚守在极度低氧的工作环境下，很多干部战士不同程度地患有高色素症、心室扩大、心肌肥厚、慢性支气管炎、肺气肿、肺心病、杵状指等疾患。有一次，医疗队遇到一个士兵得了急性肺水肿，赶紧将他送到西宁抢救，最后救回了他的生命。上线医疗队工作出色而多次荣立集体三等功，赵芳玲本人得到了部及院党委多次表彰，多次获得“优秀共产党员”光荣称号，并荣立了三等功。

著名的军旅作家张鼎全，就是一名青藏线兵站士兵。他的著作《雪祭唐古拉》，便是以赵芳玲所在的青藏兵站部为原型。1990 年 7 月 18 日，江泽民主席曾亲自到青藏兵站部视察，并题词“弘扬特别能吃苦，特别能忍耐，特别能战斗的革命精神”。

1998 年，赵芳玲被调到海南边防总队医院担任医务处主任和副院长，离开奋斗了三十年的青藏高原。至今她仍会不时想起自己在世界屋脊上的那段岁月，想起那些驻守在兵站中用生命守护青藏公路的战友们。在祖国最需要的地方奉献了自己的青春，赵芳玲和青藏兵站部战士们无怨无悔。

（陈文备）

赵芳邻在青藏高原工作了 30 年

应维栋

世界屋脊上的留守父亲

1951 年，还在上中学的应维栋响应国家号召参军，被分配到华东军区公安干部学校念书，毕业后进入一零九医院当护士长。后又在重庆第七军医大学学习，进入六九八野战医院当外科医生。1962 年西藏中印边境自卫反击战后结束后，西藏军区扩大为单独的大军区，需要从全国各地补充大批干部，应维栋就在第二年从上海警备区调到了那里。进藏以后，他一开始担任西藏军区卫生部的助理员，之后先后升为副处长、处长；1983 年调入西藏军区总医院，在那里一直工作到 1997 年退休。

第一次进藏的情景应维栋至今记忆犹新。当时他和同行的战士们先坐火车从上海到兰州，再转车到西宁，然后从西宁坐上解放牌敞篷车，沿着青藏公路，颠簸了整整 12 天才到达拉萨。一路上随着海拔的不断升高，应维栋逐渐出现了头痛、胸闷、呼吸困难等高原反应。当时针对当地气候条件的生活医疗设备都还没有生产出来，这些困难只能靠自己慢慢适应、克服。

今天的拉萨是一座世界闻名的旅游城市。但在 56 年前，拉萨还没有一条像样的马路，汽车一开，沙尘漫天。进了拉萨后，应维栋一开始还没有意识到已经进城了，因为那里和路上经过的村子几乎没有什么区别，只不过多了几间平房而已。高山环境特别干旱，大部分作物都没有办法存活。当地只能种青稞，汉族人习惯吃的大米和面粉则都需要从内地运进来。那时铁路和民航飞机都还没有，物资供应非常困难，几乎全部都要靠公路运输。全城

应维栋和爱人在英国旅行

只有一两个国营商店，里面的商品种类很少，即使有钱也买不到什么东西，所以部队里每个月的工资，实际到手的只有 30%，剩下的 70% 被自动存了起来。此外，城市治安也很不稳定。应维栋就在这种恶劣的条件中开展工作，将自己的青春全都奉献给了西藏的建设。

在西藏的这 34 年，除了生活条件上的艰苦，应维栋还需要忍受与家人相隔万里的痛苦和心酸。按照部队的规定，应维栋可以每两年休假一次回家探亲。休假的时间是三个月，但其中有一个月是要花在路上的，真正和家人团聚的时间不到两个月。剩下的日子，应维栋就只能独自在西藏度过。家人没有办法给他打电话，写一封信则需要一个多星期才能寄到。

应维栋与爱人陈素欣是在一零九医院工作时相识的。1965 年，他第一次获准休假，再次回到阔别两年的家乡上海，便与陈素欣结了婚。新婚不到一个月，应维栋就再次离开上海，赶往拉萨。之后的三十多年里，他每两年多才能回一次家，他的两个孩子出生时，自己都没有办法陪在爱人的身边。等到他见到自己的孩子时，他们都已经会说话会走路了，却还没有学会叫应维栋一声“爸爸”。

应维栋不在家的日子里，陈素欣独自照顾着两个孩子，出了再大的事也只能一个人默默地扛着。有一次两个孩子同时生病，一个发高烧住医院，另一个出水痘。那天正好是大年初一，外面爆竹阵阵，而陈素欣却只能独自抱着小女儿，一边啃冷馒头一边抹眼泪。

孤身一人带孩子，陈素欣常常忙得连给应维栋写信的时间都没有。寄过去的信里，也都是“报平安”，这边的生活再苦再累，她也只是轻描淡写，一笔带过。因为陈素欣心里清楚，拉萨和上海相隔万里，就算是写信、打电报让他赶回来，等到上海时都已经是半个月后了，这时候什么都来不及了。而且陈素欣知道丈夫在西藏工作繁忙，时常需要下部队，她不想让他分心，“拖他的后腿”。

当年一同进藏的二十多名干部，大多因为得了高山病而调离了西藏高原，应维栋是在西藏坚持工作时间最长的。1997 年底，应维栋退休回到了上海，一家人终于再次团聚。这时两个孩子早已长大成人，小孙子也已经呱呱坠地。回想当年刚踏上青藏高原时，应维栋还是一个风华正茂的小伙子，回来时他的双鬓已经被喜马拉雅山的风雪染白，且染了一身高山病。

退休以后，应维栋经常和家人一起外出旅游，看看日新月异的世界，在家和孩子们讲述自己在西藏的故事。这位在西藏留守了 34 年的父亲，如今正享受着迟来而又幸福的天伦之乐。

（陈文备）

蒋建民
卫生专列来了！

卫生专列来了！直到今天，每当蒋建民回想起这段往事，那满载着伤员的卫生专列，好像就在她眼前……

蒋建民1953年出生，1969年入伍，被分配在六九五野战医院内科工作。1979年2月，蒋建民还记得那年的冬天特别寒冷。正值春节期间，野战医院接到紧急命令，要求全院同志奔赴广西前线参加对越自卫还击作战。蒋建民出生于军人家庭，父辈都是经过抗日战争、解放战争的老革命，但她这个生长在和平年代的年轻人对战争却很陌生，总感觉战争离自己很远，所以当接到奔赴前线命令时，紧张、激动、担心、害怕……各种感觉接踵而来。但作为一名军人，蒋建民知道，服从命令、保卫祖国是自己的天职，于是她毅然告别了家人，和战友们一同开赴战场。

闷罐列车开了整整三天三夜，晚上战士们只能席地而卧。最后，火车到达了广西桂林奇峰镇，在前线作战中负伤的战士会由一辆卫生专列送到这里。蒋建民和战友们的任务，是将伤员从火车上抬下来，再从火车站用车辆运往临时救护所，然后在那里对伤员进行进一步的治疗。伤员们在被送上卫生专列之前，已经在前线的野战医院做了初步的检查和急救，所以每个伤员都会有一张伤票，上面有该伤员的基本伤情介绍。蒋建民还有一项任务，就是接收这些伤票，并负责部队战伤的统计工作。

蒋建民至今还记得第一次去火车站接卫生专列的情景。那是春节刚过后的一个凌晨，那一夜野战军医院没人合眼，大家都在待命等候大批伤员的到来。凌晨 4 点，一列满载着伤病员的卫生专列出现在眼前！同志们立刻投入到紧张的抢救伤员的工作中。卫生专列一共有八节车厢，蒋建民被分配到最后一节。当时担架队主要集中在中间的几节车厢，那里面的伤员很快就被抬到站台上了。但是蒋建民负责的第八节车厢，由于人手不够，进度很慢，眼看列车再次发车的时间就要到了，急得她朝着前面车厢的战友们大叫，战友们这才意识到情况紧急，立即赶过来帮忙，在专列发车前的最后一刻清空了所有车厢上的伤员。那之后，大家再按照“先急后缓、先重后轻”救治伤员的原则，分别用救护车和卡车将伤员们运往救护所。最终，在短短五十分钟之内，专列送来的约七八百名伤员全部被运送至救护所，根据脑外、胸部、腹部、骨折等不同伤情，迅速展开了抢救、治疗和处理。

在抢救的过程中，蒋建民至今还清晰记得一位来自北京的 19 岁小战士。敌人的炮弹把他的肠子给炸出来了，整个腹部被肠子、黏液、血液和泥浆覆盖住了。外科于医生立即揭开纱布仔细冲洗、消毒，检查每一段肠腔是否被炸断或破裂。当时看着这个脸色惨白的小战士，看着他黯淡双眸中流露出的对生命的渴望，蒋建民真的很揪心。她担心小战士是否能忍受这剧烈的疼痛，担心年轻的生命是否还有生存的机会……经过几小时的手术、修补、缝合，小战士的脸上渐渐泛出了红润，黯淡的双眸显出了光泽。看着年轻生命的复苏，几个满头大汗的医护人员终于长长地松了一口气。

那之后，蒋建民和战友们又守候、接收、医治了一批又一批从前线送来的伤员。参军几十年，经历过不少训练、拉练，参加过各种医疗队，但蒋建民体会最深、感受最为特殊的还是真正的参战。炮火纷飞、你死我活的战场与平时训练的感觉完全不同。由此她也更加充分体会到军人必须做到“召之即来，来之能战，战之能胜”的重要性。

蒋建民家中的旧影集里面，还收藏着一张珍贵的照片，那是中央慰问团领导姬鹏飞同志和她们野战军医院战友们的合影。当时，因为蒋建民负责接收伤票，对各个部队的战伤统计情况比较熟悉，所以医院接待中央慰问团时，她担任了讲解工作。这是院里交给她的一项光荣而有意义的任务。至今每次看到这张照片，蒋建民都会被拉回到 1979 年那段战斗岁月中。

从战场上回来后，蒋建民 1985 年 8 月入党，之后被调到解放军第八五医院分院担任医技科主管技师。当年的卫生专列守候者，又在医护工作的第一线奋斗着。

（陈文备）

蒋建民在军队的医护一线奋斗了一辈子

第六辑

情深志笃，比翼双飞燕

潘华轩 王鸾珍
也无风雨也无晴

江西人潘华轩和王鸾珍夫妇入伍后在重庆工作，其间短暂地在上海工作过6年，退休后定居上海，他们的人生旅途横跨中国中、西、东部，这也是他们这代人的颠沛。他们80多年的人生，从旧社会到新中国，经历“文革”动荡，经历改革开放思想和社会的大变化，这又是属于他们这代人的曲折。

潘华轩和王鸾珍都是江西鄱阳人，这里密布的水系最后都汇入长江。潘华轩生于1930年，王鸾珍小他3岁，两家住得很近，潘华轩的父亲是外科医生，王家则沿街开了个布店。潘华轩12岁就到县医院实习，学打针换药，那时候日本鬼子常来轰炸，受伤的老百姓挤满了县医院，潘华轩人小但机灵，很能帮上忙，悬壶济世的志愿也在他年幼的心中萌芽。潘华轩和王鸾珍几乎是青梅竹马，也许两家的大人也谈起过他们的未来。两人在一个中学读书，潘华轩爱打篮球，弹跳力也好，跳高一米五，跟身高差不多高。王鸾珍文艺细胞丰富，喜欢唱歌、跳舞。

1951年潘华轩报考位于南昌的解放军华中医学院，入伍参军。当时军队医学教育事业刚刚起步，华中医学院先并入第六军医大学，六军大后又并入第七军医大学，再加上各种运动，潘华轩原本读4年的大学读了7年。在大学里，潘华轩就加入了中国共产党。入党前副校长找他谈话，希望他一切听从党的安排，学习和工作都能发挥模范带头作用。潘华轩给王鸾珍第一封书信是请同学代写的，王鸾珍也一直惦记着这个远赴异乡入伍求学的儿时伙伴。

潘华轩和王鸾珍 1957 年新婚留念，及 1997 年结婚 40 周年时的留影

王家兄妹读书都不错，哥哥解放前考入上海大夏大学，毕业后留在上海工作。王鸾珍第一次考大学没考上，统一分配到省航运厅工作，她不甘心，回来复习，第二年考取了。但命运弄人，不知为何，大学老拿不到她的档案，没法录取。王鸾珍无奈只能参加工作，在南昌一家工厂搞统计。

1957 年爱情之果成熟，潘华轩回到鄱阳，和王鸾珍结婚，仪式很朴素，两人去照相馆照了张相。大学毕业后潘华轩分配到七军大附属新桥医院，正逢医院向苏联学习，新设了理疗科，亟需培养理疗人员，作为党员的潘华轩带头来到完全陌生的理疗科工作。面对全新的知识和业务，潘华轩吃和睡都在科室，才能在短时间内掌握和熟悉。

理疗科刚成立，正逢大炼钢铁，很多烧伤病人在这里后期治疗和恢复。烧伤病人皮肤烧坏，毛囊都没有了，痒得很，寝食难安，潘华轩想尽办法给病人止痒。他一个人管理近三十个病人，开动脑筋把大家组织起来学习，起到了一个临时支部的作用，病人在他这里，身心都得到了很好的医护。由于工作表现突出，潘华轩荣立了三等功。

1959 年王鸾珍调到重庆新桥医院，解决了两地分居的问题。王鸾珍在医院继续从事她擅长的统计工作，做病案管理疾病分类。她没有学过医，初时工作有点胆怯，当时的医院院长亲切地鼓励她，“没关系，你年轻学起来很快的”。王鸾珍感受到了部队大熔炉大家庭的氛围，一下子就放下了包袱，她的学习能力本来就很强，很快她就胜任了工作。那时候没有电脑，大量的病案整理、归纳、检索，全都靠手写，王鸾珍的工作并不轻松。次年，新的规定文职人员也可以参军，王鸾珍就欣然地成了一名军人。

“文革”中，潘华轩被打成现行反革命，好几年不能正常工作，处方权被剥夺了，有时候需要他看病，只能口述，由护士代写处方。王鸾珍家庭成分也不好，被赶去看医院大门。不过夫妻俩还是很乐观的，教育孩子们要说真话。孩子在学校里填表，潘华轩和王鸾珍严肃地告诉他们，爸妈不是反革命，你们就填革命军人家庭出身。另一方面，这也保护了孩子们。正是年富力强的时候，潘华轩只能干扫地冲厕所的活，有时候，他倚着扫帚，听不远处的长江拍岸的涛声，看巴山夜雨，让万家的灯火也黯然失色。

1969 年，重庆、西安、上海的三大军医大学互相调防，潘华轩和王鸾珍在上海长征医院工作了几年，1975 年三所军医大学又换回来，他们重回重庆。这时候，他们的工作正常起来，也忙碌起来。王鸾珍身体不好，先后做过子宫肌瘤、胃、甲状腺等手术，只能考虑将两个大孩子留在上海哥哥家，最小的孩子带回重庆。1988 年他们退休到上海。

这时，二医大退休的几个同志在大柏树成立了一个诊所，潘华轩在那里工作了好几年，依旧是他擅长的理疗，还新学了激光治疗。王鸾珍多才多艺，唱歌、跳舞、朗诵都擅长，还参加老年时装队 T 台走秀，打桌球也拿过名次。

疾病向两位八十余岁的老人侵袭。2016年潘华轩患帕金森症；王鸾珍患重症肌无力，3个月躺在床上，腿细得像杆子。潘华轩的理疗术派上了用场，王鸾珍坚强地进行复健锻炼。很长一段时间，都是潘华轩推着坐在轮椅上的妻子。以前，他工作忙，妻子包揽了大大小小的家务，现在，满头白发的他推着一头银丝的妻子，他的每一步都在用力，仿佛是一种无言的感激。王鸾珍后来居然能下地走路了，子女们都很诧异。

在他们60周年钻石婚的时候，孩子们做了一本承载着记忆和爱意的时光相册给父母。在孩子的眼里，父亲很喜欢开玩笑，脾气也很好，怎么说他也不生气。那时候潘华轩给医院里的年轻人上课，他的重庆话讲得蛮别扭，普通话也不流利，有时候就会把江西话带进去，就会产生笑点。他回家复述，逗得家人哈哈大笑。后来家人常常以此开玩笑，他也不以为忤。王鸾珍说丈夫本分，工作很认真。潘华轩说妻子特别爱干净，从前家里即使破破烂烂也收拾得清清爽爽。他们携手62年没怎么吵过架，潘华轩说，只有资产阶级地主才发脾气。

相扶到老，潘华轩和王鸾珍像很多双军人家庭一样，小家的和谐、奉献，对大家的稳定、发展形成了支撑。所有的颠沛和曲折，就像他们依长江的迁徙一样，最后都由大江走向了大海，回首向来萧瑟处，也无风雨也无晴。

（桂志华）

崔学习 韩菊花
爱情的阳光洒进野战医院

崔学习和韩菊花的爱情故事，发生在援越抗美的野战医院中，给残酷的战场带来了一缕温暖的阳光。

韩菊花 1942 年 10 月出生在浙江萧山，九岁时和父母一起来到上海。韩菊花家里除了她以外还有一个弟弟和四个妹妹，生活十分拮据。初中毕业后她为了不给家里增加负担，于是选择报考进入了当时免学费和伙食费的闸北区卫校护士班。1962 年，韩菊花即将毕业时，正好沈阳空军来上海招 250 名护士，她便瞒着妈妈报名参军了。直到迁户口时妈妈才得知消息，气得一个礼拜吃不下饭。但韩菊花还是义无反顾地坐火车北上到了沈阳，在空军四六三医院内科工作。在那里她认识了未来的丈夫崔学习。崔学习 1937 年出生在四川开江县的一个普通农民家庭中。他从小学习成绩优异，1958 年考入四川大学医学院，大学时入党。1963 年毕业以后，崔学习选择参军，分配进入沈阳军区空军四六三医院口腔科当医生。

1966 年 10 月，为了支援越南军民抗击美军入侵的作战，四六三医院需要选派一批医护人员组成医疗救护队前往越南前线。韩菊花积极请战，连写了好几封请战书，坚决要求参加援越抗美。最后，她和崔学习一起进入医疗救护队，再加上来自沈阳军区其他部队的医护人员总计 90 人一起从沈阳出发，先坐火车到广西凭祥，再从友谊关出国进入越南。韩菊花记得出关的时候是半夜，90 人坐在伪装好的大卡车中秘密出发，生怕被敌人侦察到。由于当时情况特殊，所有参加医疗救护队的同志都是瞒着家人出国的，连写信都要用假的地址。之前请战时并没有想到实际出关是这样一幅场景，韩菊花既激动又紧张，坐在卡车上只听见自己的心脏“砰砰砰”地跳动。

卡车载着大家来到离中国边境81公里的野战医院。为了隐蔽，野战医院建在一个半山腰的山洞里，而宿舍则搭在山洞附近的竹林里。有时候大家正在吃饭，防空警报突然拉响，大家就马上扔掉手里的碗筷躲到防空洞里。等到飞机轰炸结束，大家就立即做好手术准备，等待前线炸伤的战士们被送下来。

达到战地医院的第二天，韩菊花和崔学习便遇到了敌人的轰炸。不久，高炮空一师的伤员们陆续被部队的车子送到野战医院。韩菊花看到好多战士的胳膊、腿被炸断了，还有的胸腔被炸开，惨不忍睹。这是她第一次真正感受到战争的残酷。当时敌军大量使用一种集束炸弹。集束炸弹俗称“子母弹”，每个炸弹里藏着数百个小弹珠。被炸伤的战士身体上全是这样的小弹珠，手术难度非常大。所以每次一有敌军的空袭，野战医院的同志们就要通宵抢救伤员。最多时曾一晚上救治了二三十名伤员。伤员的伤情稳定下来后，就由卡车将他们送回国，到凭祥、南宁等医疗条件更好的地方接受进一步的治疗。

在野战医院中，韩菊花是手术室护士，负责手术器械器械、布类、药品的准备和传递，协助缝合包扎伤口，护送病人等工作。而崔学习是口腔科医生，经常和外科医生、眼科医生、耳鼻喉科医生和卫生员共计五人组成小分队，集体下部队进行前线疾病的预防、检查和治疗。有一次小分队在下部队的路上遇到了敌军的空袭。五人连忙寻找可以隐蔽的地方，结果发现不远处有一个之前的弹坑。但是那个弹坑体积有限，容纳不了五个人。生死关头，五人都想把生的希望留给他人，把牺牲的危险留给自己，没有一个人愿意躲进坑里。最后谁也没有进坑，而是继续往前跑。结果

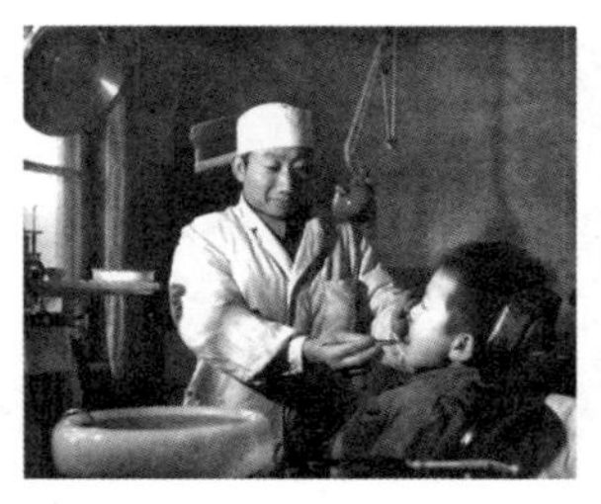

崔学习和韩菊花分别在工作中

跑出去没几步，只听到背后一声巨响。再回头一看，一枚炸弹就在刚才那个坑旁爆炸了。逃过一劫的五人很快又发现了一个弹坑，这次五人又互相谦让，最后再次弃坑而走。结果刚才的一幕再次重演，又一枚炸弹在第二个坑旁爆炸了。大家这才意识到，敌军的飞行员已经发现了他们。敌人猜这五人一定会往坑里躲，所以就瞄准弹坑投弹。没想到这五人互相谦让，反而救了自己的命。回到野战医院后，由于害怕韩菊花担心自己，崔学习对这件事守口如瓶，最后韩菊花还是从外科医生那里听来的。

1967 年清明节，韩菊花和崔学习来到战地的陵园，为牺牲在异国他乡的解放军战士扫墓。一排排陵墓整齐地排在山上，有的没盖子，有的盖上了盖子。他们知道，每个盖上盖子的陵墓下都有一位为国捐躯、客死他乡的解放军战士。这一刻，韩菊花更加坚定了加入共产党，永远跟党走的决心。这年 5 月，她成为一名光荣的共产党员。

在越南的一年多时间里，韩菊花和崔学习工作上互相协作，生活上互相照顾，彼此都有了更加深入的了解。回国前，两人便定下了婚约。1967 年 6 月，两人完成救援任务，回到空军四六三医院，一个月后便正式结为夫妻。

那之后，两人又一起生活、工作了 28 年，于 1995 年一起退休，2006 年一起搬到了上海。现在，他们的外孙和外孙女也都已经成材。这对经历了战火洗礼的革命伉俪正享受着属于他们的天伦之乐。

（陈文备）

管欣坤 陈希珍
踏踏实实做事，清清白白做人

管欣坤 1943 年出生于无锡，1961 年参军，在南京军区二十七军八十师服役，一开始在部队中担任炮兵，后来转为卫生员。

1962 年，蒋介石启动“国光计划”，准备反攻大陆。为了应对可能到来的进攻，原本驻守在无锡的八十师奉命前往浙江平阳。在这次军事行动中，管欣坤参与抓捕了一名潜入大陆的国民党特务。当时部队来到平阳不久，团里的一个参谋发现有一个人经常在军营周围转悠，察觉到此人有异样，于是就派管欣坤去调查。管欣坤接到命令后，暗中观察了此人，发现他是原来无锡营房门口的一个小皮匠。此人的外貌很有特点，鼻子高高的，有一只耳朵耷拉下来，所以管欣坤对他有印象。管欣坤把这个情况汇报给团里后，团里立刻行动，逮捕了那个小皮匠。经过审讯得知，他确实是国民党派来的特务，专门负责跟着八十师。他平时摆摊时坐的板凳，其实是一个发报机。板凳的四个脚不一样长，他坐在上面摇晃身体，就能把电报发出去。

1963 年，管欣坤随部队返回无锡。当年冬天，部队到绍兴柯桥招募新兵，招兵地点设在绍兴县柯桥镇。管欣坤作为卫生员，在医院里负责各种后勤事务。他在工作中任劳任怨，主动帮助当地的医生和护士处理内务。那年冬天特别寒冷，当地的生活条件又十分艰苦，医生和护士晚上就在大厅里打地铺睡觉。管欣坤发现后担心他们的身体，于是就用杆棵做了一堵墙，把他们围在里面，起到保暖的作用。当地医生护士深受感动，将这件事反映到了团里。

管欣坤因此被评为“雷锋式”五好战士并被作为提干候选人。

1964年，管欣坤进入南京军区卫生学校学习，毕业后分配到上海警备区六九八野战医院药房工作并提干，负责普通制剂和大输液制剂。除了野战医院使用外，药房还要供应南汇地区的各个公社卫生院，工作十分繁忙。管欣坤出色地完成了制剂配制工作。1973年，管欣坤被提为上海警备区后勤部军需药材仓库副主任，负责整个警备区部队药品供应，包括三个医院、三个师、若干个团和总部在上海的直属单位。在这段时间，管欣坤认识了他的爱人陈希珍。陈希珍1945年出生于湖北天门。1964年当兵，在上海武警总队医院做内科医生。1974年两人经介绍认识，并于第二年结婚。

1984年，管欣坤调到八五医院医务处当助理员，1987年又调任南京军区后勤部上海药品器材供应站站长，负责军区30家医院和两个集团军的药品器材供应。医疗用品的供应工作更加繁重，与之前的工作相比，强度又提高了许多。一次在搬运医疗器械的过程中出了意外，管欣坤受伤致残。当时四个人抬X光机高压油箱，那天正好刚下过雨，地面湿滑。管欣坤不小心摔倒，导致腰椎压缩性骨折，当时评定为三等一级伤残。那之后三个月管欣坤都不能直起腰，从此再也不能从事重体力劳动。

在担任药品器材供应站站长期间，对于管欣坤的另一个考验是需要面对巨大的经济利益的诱惑。当时供应站受到市场经济的冲击，采购药品时吃回扣的现象很普遍，有不少和管欣坤同一岗位的人都没有坚守底线，犯了错误，被撤了职。管欣坤和爱人陈希珍同样面对着考验。不法药贩夜里一个接一个到家里来送钱，有的甚至直接要把现金塞到管欣坤的口袋里。管欣坤始终不为所动，严词拒绝。所有的采购生意，在谈判时都必须有供应站的出纳或者会计在场，谈判的内容全都透明公开。药品的回扣直接由对方交给出纳，上缴集体，管欣坤从不经手，彻底杜绝了自己犯错误的可能。

2000 年前后，管欣坤和陈希珍分别在各自的岗位上退休。这些年，他们经常一同去世界各地旅游，享受退休生活。回顾他们三十年的军旅生活，虽然没有经历过硝烟弥漫的战场，但两人却在各自平凡的岗位上尽心尽责地完成每一项工作，始终无愧身上的军装。踏踏实实做事，清清白白做人——这句朴实无华的话正是管欣坤和陈希珍这一辈子最好的注脚。

（陈文备）

年轻时，机智的管欣坤还抓过特务

罗阳生 季桂芳
西南战场上的伉俪

罗阳生和季桂芳是一对革命伉俪，两人相识50余年，共同经历了战火的洗礼。

罗阳生1962年入伍，季桂芳1963年入伍，两人共同在解放军空军上海第一医院（四五五医院）工作。1964年，美国军机侵入中国海南岛地区和云南、广西上空，投掷炸弹和发射导弹，打死打伤中国船员和解放军战士，威胁中国安全。1965年6月至1973年8月，中国先后派出了高炮、工程、铁道、扫雷、后勤等部队，在越南北方执行防空、作战、筑路、构筑国防工程、扫雷及后勤保障等任务。1967年11月，罗阳生和季桂芳两人接到命令，一起随解放军空军高炮第四师，从广西友谊关进入越南，参加援越抗美作战。

当时我军在离中国边境五六十公里的越南布下战区。部队在当地一个山沟里建起了临时的野战医院，由于医院位于两山之间，地势险峻，敌军的飞机轰炸不到，所以相对安全。季桂芳就在野战医院里工作，而罗阳生则在最前线直接跟随高炮部队十团打游击。平时他们在山林里隐蔽，一旦在某处对敌开火后就需要马上转移阵地，避免敌机的集中轰炸。

当时我军的援越抗美行动还处于保密阶段。回忆起这段经历，罗阳生对两件事情印象很深。第一是快要跨过边境友谊关进入越南时，有部队文工团及广西当地的百姓欢送他们，请他们喝下祖国最后一口水，那一刻罗阳生心潮澎湃，不知自己这一去能否再回到祖国的土地；第二是给家里写信时，只能写自己是中国后勤部队，在广西执行任务，而不能告诉家人自己是在国外和敌人打仗，家里的老母亲一直到他第二年回国后才知道真相。

1969年4月，罗阳生和季桂芳完成了战地救援任务，返回祖国。1970年，经过战火考验的两人结为夫妻。婚后，两人仍一同在空军上海第一医院工作。

1979年，边疆形势发生变化。中央军委下达对越自卫反击命令，以昆明军区和广州军区部队组成云南边防部队和广西边防部队，消灭边境的入侵越军。罗阳生作为医院中唯一的脑外科军医，责无旁贷地参加了南京军区医疗队。这年2月到4月，他在云南前线参与战地医疗救助。季桂芳则在后方照顾孩子，全力支持丈夫。

这一次，罗阳生被分配到当地的陆军野战医院工作。每天夜里11点，会有军用卡车将前线负伤的战士运到野战医院来。罗阳生和医疗队的同志们负责检查每一个伤员的情况，没有生命危险的伤员会被送上凌晨2点开往后方的军用卫生火车，而有生命危险的伤员则会被留下来抢救，并作进一步的观察。医院有一条铁的纪律：“绝不能让负伤的战士死在路上。”所以对待每一个战士的检查都必须非常谨慎。

十年前第一次去前线时罗阳生还是二十几岁的小伙子，而这次他已经年过三十。在野战医院中，罗阳生见到了许多肢体残缺

罗阳生和季桂芳当年合影

的战士，再次体会到了战争的残酷。有一位战士，身负七十多处弹伤，全身上下几乎找不到一块完好的皮肤了，但那名战士仍然坚强地活着。还有一名战士，子弹从左到右贯穿了他的脖子，但他的颈动脉没有破裂，几个致命器官没有被破坏，最后在罗阳生及医疗队的救治下奇迹般地活了下来。

在救治伤员的同时，罗阳生还要面对敌人的直接威胁。当时越南的正规军化装成老百姓潜伏到中国境内，接近野战医院，随时准备对医生和伤员进行暗杀。我军得知这一情报后，派出一个连专门保护野战医院。就在这种高度紧张的精神状态中，罗阳生所在的医疗队前后共救治了 300 多名伤员，并将他们安全送上开往后方的军用卫生火车，完成了“绝不能让负伤的战士死在路上”的任务。

而那些伤势过重最后不幸牺牲的战士们，他们的遗体会被送到当地的陵园。罗阳生曾先后几次来到陵园，远远望去，那一整座山上一排排的墓碑密密麻麻，悲痛凄凉之感在他心中油然而生。尤其是看到有些空白的墓碑，想到埋在下面的战士连自己的名字都没有留下，悲凉的心情更是他久久难以平复的。

在野战医院的这两个月里，罗阳生忙得连往家里写信的时间都没有，每每想起妻子季桂芳和孩子，罗阳生常在夜里辗转难眠。好在部队采用轮换制，两个月后，罗阳生圆满完成了战地救援任务，回到上海，与家人再次团聚。

两次在西南边疆保卫祖国的战斗经历，让罗阳生和季桂芳深刻感受到了定安生活的来之不易和生命的可贵。不论是在战场上还是在生活中，他们俩相互帮助、扶持，谱写着平凡而又真挚的爱情乐章。

（陈文备）

后记

《浩气展虹霓——70军休典范献礼建国70周年》在创意、策划、采写、编辑成书的过程中，得到了来自方方面面的指导、鼓励、帮助，付梓在即，谨表诚挚谢意！

本书谋划之初，即得到了上海市退役军人事务局的指导，特别是《军休天地》杂志副主编李霞，指导策划，多方协调。采写过程正值盛夏，军休干部认真准备，积极配合，提供了历史照片等珍贵素材，非常感谢全体军休干部及其家属，对此次工作，以及一以贯之的对我们工作长期的支持和帮助，向你们致敬！徐汇区退役军人事务局有关科室领导及同仁，为我们提供了切实有益的建议，为本书的顺利进行提供了许多便利。这本书凝聚了全体军休服务管理工作人员的集体智慧及对军休老干部的真挚情感和崇高敬意，向建国70周年献礼。最后也非常感谢本书的责任编辑吴慧女士，正是她细致而有美感的工作，让本书的出版能划上一个有力而完美的句号。

感谢各方鼎力玉成，谢不尽意！不到之处，还望海涵。

《浩气展虹霓》编撰委员会

图书在版编目（CIP）数据

浩气展虹霓：70军休典范献礼建国70周年 ／ 上海市徐汇区退役军人事务局，上海市徐汇区军队离休退休干部服务管理中心主编．—上海：上海三联书店，2020.5重印

ISBN 978-7-5426-6872-1

Ⅰ.①浩… Ⅱ.①上…②上… Ⅲ.①访问记－作品集－中国－当代 Ⅳ.①I253

中国版本图书馆CIP数据核字（2019）第270562号

浩气展虹霓：70军休典范献礼建国70周年

主　　编 ／ 上海市徐汇区退役军人事务局
上海市徐汇区军队离休退休干部服务管理中心
责任编辑 ／ 吴　慧
封面设计 ／ 范昊如
内文排版 ／ 邢舒舒
监　　制 ／ 姚　军
责任校对 ／ 霍　飞
出版发行 ／ 上海三联书店
(200030) 中国上海市漕溪北路331号A座6楼
邮购电话 ／ 021-22895540
印　　刷 ／ 上海展强印刷有限公司

版　　次 ／ 2020年1月第1版
印　　次 ／ 2020年5月第2次印刷
开　　本 ／ 640×960　1/16
字　　数 ／ 188 千字
印　　张 ／ 15
书　　号 ／ ISBN 978-7-5426-6872-1 / I · 1576
定　　价 ／ 80.00元

敬启读者，如发现本书有印装质量问题，请与印刷厂联系021-66366565